阳光文库

幸 福

马文菊 —— 著

黄河出版传媒集团
阳光出版社

图书在版编目（CIP）数据

幸福 / 马文菊著. -- 银川 : 阳光出版社, 2019.11
（阳光文库）
ISBN 978-7-5525-5122-8

Ⅰ.①幸… Ⅱ.①马… Ⅲ.①散文集－中国－当代
Ⅳ.①I267

中国版本图书馆CIP数据核字(2019)第250772号

幸福

马文菊　著

责任编辑　李媛媛
封面设计　晨　皓
责任印制　岳建宁

黄河出版传媒集团
阳　光　出　版　社　出版发行

出 版 人　薛文斌
地　　址　宁夏银川市北京东路139号出版大厦（750001）
网　　址　http://www.ygchbs.com
网上书店　http://shop129132959.taobao.com
电子信箱　yangguangchubanshe@163.com
邮购电话　0951–5014139
经　　销　全国新华书店
印刷装订　宁夏凤鸣彩印广告有限公司
印刷委托书号　（宁）0015587

开　　本　720mm×980mm　1/16
印　　张　12.5
字　　数　160千字
版　　次　2019年11月第1版
印　　次　2019年11月第1次印刷
书　　号　ISBN 978–7–5525–5122–8
定　　价　36.00元

目录/CONTENTS

第一辑·暖爱

第二辑 · 琐事

第三辑·追忆

第四辑·心境

（带 ★ 篇目为朗读篇目）

第一辑

暖爱

我的母亲

母亲，一个伟大的名词。她孕育了我们，养育了我们。在这其中她付出了多少心血和艰辛，只有做了母亲的人才能体会得到。

母亲年近七十，岁月在她的脸上留下了深深的痕迹，但却隐藏不住她曾经的美丽。她的大眼睛依然闪闪发亮，白净的皮肤上爬满了皱纹，两鬓头发已经花白。白盖头把她的脸庞印衬得更加洁净清秀漂亮。

小时候为我换尿布我不知道，喂奶也不记得。但是，我记得上学那时候，我不爱吃煮洋芋，看见煮的洋芋我总是撅着我的小嘴，母亲便给我一个人炒洋芋菜吃。那时候家里贫困，母亲总是上山挖柴胡子，卖了换钱给我们买布做衣服穿。记得她给我和姐姐买了一块黑白格子的布做成上衣，我们穿上高兴得不得了，觉得非常漂亮，那是我记事起穿的第一件新衣服。可是邻居家的女孩却讽刺地说："就像没见过似的！"

那句话像锥子一样刺痛了我的心，直到现在我都清楚地记得。可是，我知道那是母亲爬了好几座山，辛辛苦苦用汗水和辛劳换来的。我上学时她总是给我烙最白的馍馍，里面卷上好多油让我带到学校吃。冬天怕我冷，把旧衣改了，里面装上厚厚的棉花做成棉服让我穿。别的同学手脚都冻肿了，可我的手从来没有冻伤过。

母亲特别善良。记得以前人都很贫穷，我家也不例外，上年的粮食接不到下一年。父亲常常向村里光景好的人家借上点粮食，等庄稼下来了再给他们还上。我们家穷，可门口来的乞丐却很多。母亲总会给他们一碗面，或者一个馍馍，或者是一碗麦子，为这母亲还挨过父亲的责骂。母亲教导我们说，只要是家里来乞丐，不能拒绝，多少都得散点，都是些可怜人。母亲还常常把晚上没地方住的乞丐收留过夜，还说，夜很冷，让他们挤一夜吧，要不然，晚上住哪里呢？怪可怜的。尽管我们不太愿意，可听母亲这么说，心也就软了。男乞丐和两位哥哥挤着睡。女乞丐和母亲、我还有姐姐们挤着睡。因为那些年，家里只有两口窑洞两盘炕。

我从小听母亲的教导，不许偷别人家的东西，不许骂人，不能做违背良心的事。记得一次，我路过别人家的麦子地，看见金灿灿的麦穗，便拔了几颗回家，准备放到灶火里烧熟了吃。回家后被母亲责骂了一顿。说这种行为不好，叫偷，以后不许这么做。还说，将心比心，要是咱们家辛辛苦苦种的庄稼被别人这么糟蹋，你们说咱们能高兴吗？被母亲这么一问，我的脸红了，觉得自己真的做错了，以后再也不偷任何人的东西。

我结婚时年纪还小，前几次回娘家还想在她的怀里睡觉呢！我坐月子时，都是母亲无微不至地照顾我。天不亮就为我熬稀饭，打的荷包蛋自己从来都舍不得吃一个，还把面擀得薄薄的，把鸡肉炖得烂烂的让我吃。母亲不让我下地，不让我动水，生怕我落下病根。

因为我不会做针线活，我孩子的鞋子、衣服都是母亲一针一线给做的。记得有一个冬天，我带着三个孩子回娘家，一进门母亲就摸着外孙们的衣服用责备的语气对我说："给娃娃穿这么薄点衣服，你不怕给冻坏了吗？你是怎么给娃娃当妈的？"随后，她让我父亲赶紧去集市买来了棉花和布，给三个孩子缝上了厚厚的、软乎乎的棉衣和棉裤，还做了三双棉鞋给孩子们穿上。那时，觉得有母亲真好，我可真幸福！

母亲教导我要孝顺公公婆婆，给老人把炕煨上，一天三顿饭做好，衣服也给洗勤些。人家扑柴搭火地把你娶到家里为的是啥？还不是为了端碗顺气饭。当然了，我也谨听母亲教导，尽着做一个儿媳妇的责任与义务，一直孝顺着老人。好吃的给他们做，好衣服也给他们买。

记得有一次因为儿子犯错我打了儿子，公公便打了我一耳光。我很气愤，觉得自己教育自己的孩子并没有做错什么，公公竟然打我。再说，哪有公公打儿媳妇的呢？于是，很委屈地跑回了娘家。想着这次一定要公公上门来道歉。却没想到母亲不但没有责怪公公，反而还劝我说，你公公打了你，你就当是你父亲打了你，没什么的。再说你公公还不是护你生的孩子才那么做，是情有可原的。他只是打了你一下而已，又没打下青伤红印，要让老人来向你道歉这是不妥的，得饶人处且饶人。听妈话，要是你老公来领你，你就回去。

第二天老公来了，我不想跟老公回去。但是被母亲严厉地呵斥，并警告：嫁出去的女子泼出去的水，娘家是坚决不要的，让我想去哪里就去哪里。她让老公带我回去，还交代我回家以后不许给公公脸色看。她对女婿说："我把女子嫁给你，希望你疼她，也能为我女儿做得了主。即使她做错了，我也希望任何人不要动手打她。"当时我委屈的眼泪流了一遍又一遍，觉得我不是母亲亲生的，自己的女儿受了这么大的委屈，母亲竟然还要我回去。

后来母亲告诉我，她是不想把矛盾激化，也是为了我回家以后家里人能和我和睦相处才那么做的。母亲其实是天底下最疼我的人。

由于母亲的豁达与宽容，老公这边的家人都特别尊敬她。每次母亲来我家，老公总是要买些好吃的给母亲吃，并且嘱咐我，带母亲到商场去买几件衣服。公公也会把锁在柜子里平时舍不得吃的东西拿出来给母亲吃。

母亲一贯的教导也使我继承了母亲的优点。所以，才使我的家庭和谐和睦，儿女听话孝顺，老人夸奖我，老公也疼爱我。所谓"抓狗儿子，看狗母子"的说法是非常正确的。一个母亲的品行，影响着她的儿女们的一生。

母亲也是我见过所有人中最勤劳的一个。虽说现在年纪大了，她却经常把家里打扫得一尘不染。地板砖擦得如镜子一样明亮，家具如抹了油似的发亮。家里所有的东西都被她拾掇得井井有条。

她和父亲种着四亩玉米。玉米地里的草被母亲锄得一根没有，玉米娃娃（分蘖的小玉米）也被她掰了一遍又一遍，说是如果不掰就会把养分吸取了，还要给玉米一颗一颗地施肥。母亲种的玉米只要是没有遇到天灾，肯定是村里数一数二的大玉米棒子。

母亲在院子里种了三分地的菜园子。菜园子里整齐的种着许多种蔬菜，有油菜、韭菜、辣子、西红柿、刀豆……就连地埂上都被她点上萝卜和甜菜。当然了，这些蔬菜想要长得好，那可得像照料孩子一样细心周到。母亲一有时间就在她的菜园子里捯饬。拔草、施肥、浇水……总之要让它们长得壮壮的，果实结得满满的。夏天，这些蔬菜可谓是家里一道靓丽的风景，西红柿红得诱人，韭菜油菜绿得可爱，刀豆果实累累，还有茄子、南瓜都个大喜人……但凡进院子的人都要围着母亲的菜园子欣赏上一圈儿，都会赞叹母亲的蔬菜种得好。

当然，这些蔬菜他们老两口是吃不完的，多数是让我们兄弟姊妹吃了。给红寺堡的小哥带上几次，让离家近的大哥家来拿些吃，也常常给我送些来。她还会把蔬菜送给左邻右舍一些。有时候看着母亲忙碌的身影很心疼，自己也帮不上太多的忙，总是忍不住说："少种点，看把你一天忙的，屁股都挨不了炕，你和我爸才能吃多少？"母亲总是笑呵呵地说，只要身体好，忙点没有啥，种上了大家都吃。可是，母亲的身板再也没有以前那么挺拔了，头发也白了不少！

人无完人，母亲也是有缺点的。母亲爱唠叨，总是让我头疼。譬如：吃饭时，她总是让你多吃些，而且会趁你不注意给你碗里添饭；天冷时，她会让你多穿点，说上一遍又一遍。穿上以后，她还不放心，还要再说："六月里出门要防腊月里衣服，一天把衣服多穿点……"；要是我们姊妹们谁生病了，她肯定一天要打三个电话，好点没有呀？药吃了吗？还疼吗……一直打到你病好了她才会放心；最让人头疼的是，如果你把一件事情做不好，她也会唠叨好几次。有时候真是被她唠叨得心烦。说也奇怪，母亲要是有几天不唠叨，我倒是不适应了，总觉得心里像缺了什么，空落落的。

这就是我的母亲，一个爱唠叨、平凡而朴实的农村妇女。她一天书都没念过，却好像受过高等教育似的。我爱母亲，母亲是我的精神支柱，有她在，我会勇往直前。母亲是我生命里的一盏灯，她一直为我照亮前行的路。

母亲，您的恩情女儿此生怎么也报答不完，我会以我最大的能力去孝敬、报答。下辈子，我还做您的女儿，只是希望您下辈子不要太苦了、太累了。

和婆婆一起生活的日子里

　　婆婆是一个精明能干、既贤惠又善良的女人。

　　第一次见婆婆是第二次相亲的时候。按老家的习俗，男的到老丈人家去是第一次相亲，男女互相看上后，过一段时间如果没有问题，女的要去婆家看家去，这便是第二次相亲（一是看女的人品，二是看男的家家境。双方都钟意的话，亲事就成了）。记得那天是老公太爷爷没的日子（忌日），老公家里过乜贴，顺便邀请了我们。去的时候我自己骑一辆自行车，老公骑一辆自行车捎着我妈，走了三十多里的路来到了婆婆家的村子。婆婆家在一个山坡上，是村子里住的最高的一户，院子的东面和北面被山包围着。山坡上长着好多杏树，当时是四月天，杏花烂漫了整个山坡，粉红色一片。站在大门口放眼向下望去，一块块田地里的麦苗绿油油的，随风起着波浪。一条铁路正在修建，装载机、压路机轰隆隆地响声不断。大门进去是三合院，四间东房刚经过翻修，四间北房是新盖的。红砖蓝瓦，木头做的飞檐。房台子挺宽，而且很高，踩三个台阶才能上去。妈妈说房子盖得特别好，然而，在我看来就那样，因为那时还小，不知道啥叫好。有两间西房，还连着一间高房子。从屋里出来了一位瘦高个，大眼睛，黑脸膛，年纪稍大点的女人。老公介绍说："这是我妈！"妈妈和婆婆互相问候。我也羞答答地说了声："姨娘你好！"婆婆和蔼可亲地回了："好，好。"接着说,"这是我们拜克媳妇？"妈妈微笑着应声说:"就是的!""快进屋,亲家。乖得很,眼睛大大的,脸上还憨憨的（就是显小的意思）……"她一边让我们进屋,一边一个劲地夸我,我有点害羞了,脸火辣辣地烧,头也不敢抬了。老公在一旁偷偷地乐呢,偷看过去他脸上布满了笑容。

在婆婆家待了两天,她可是忙前忙后地招呼着我们,生怕怠慢了。烩菜、肉食、果碟……满碟子满碗地招待。回家时婆婆掏出了五十块钱,硬是塞到了我的衣服兜里。说是第一次见面,第一次来他家,这是规矩也是她的心意。还给我爸装了六个油饼和一个煮熟了的羊脖子。

腊月二十二是我结婚的日子。前一天下了大雪,第二天却是一片晴朗。到处都是白茫茫的,雪在日头的照耀下更加耀眼。路上堆着厚厚的积雪,气温也是很冷。临行前妈妈对我说:"今天嫁过去你就是大人了,不比家里。要好好孝顺公公婆婆,早晚把炕煨上,饭给做到时间上,要听家里人的话……"说着说着妈妈的眼泪从眼角滑下,其实这些天妈妈一直都在偷偷地掉眼泪。我的眼泪也像泉水一样不断地流出来。妈妈舍不得我,我更舍不得妈妈。我是家里最小的孩子,是妈妈在被窝里用胳膊搂大的,用手摸着妈妈的乳头才能睡着的孩子。如今要离开妈妈,我的心里空空的,那种万般的不舍无人能体会得到的。外面来了人,催促着赶快发亲。妈妈拿起了红围巾搭在了我的头上,大姐和嫂子搀扶着我。阿訇在我的旁边念起了邦克。喜鹊在树枝上叫个不停,弹得树枝上的雪"簌簌"地落了下来。我竟然不知道什么时候哭出声了,姐姐劝着说:"结婚是喜事,不能哭,要不然将来会哭一辈子。"虽然劝住了我的哭声,但是,眼泪还是不停地顺着脸颊流下,止都止不住。大门的坡底下停着一辆小轿车和一辆东风汽车。小轿车是老公向修铁路的人借的,汽车是老公大哥家的,在当时已经是很风光了，也是村上第一位用小车娶走的新媳妇儿。送亲的亲戚和家人都上了东风汽车，我、三奶、外婆、大嫂上了小轿车。车子在雪路上缓缓地、小心翼翼地行驶着，压得路上的雪咯吱咯吱作响。经过一个多钟头到了婆婆家的坡底下。透过围巾看到路上的雪已经被扫得干干净净，一条黄土路一直延伸到婆婆家里。路两边孩子和媳妇女子们很多，都赶着看新媳妇儿。好几个人簇拥着老公来背我，我几乎无法抗拒地被老公背着和熙熙攘攘的人流涌上了坡。我偷眼看见大门口的男人也很多，旁边桌子上的碟子里放着核桃、枣子、花生……那些都是用来迎接送亲的人的。老公刚跨进大门便放下我一溜烟先跑进了新房。大姐领着我进屋时，我发现老公在炕上骑着枕头。当我纳闷时，老公跳下炕从我的肩膀向上提了一把（后来才知道这是老家的风俗：老公要我的个儿长高点，要看得起我；如果按一下，意思就是不让媳妇翻过手心），然后就出去招呼我娘家人去了。送亲的队伍当然在后面大门口行该行的礼节。彼此问候，也彼此说些客套话。

新媳妇进门，要先洗手洗脸，意思是洗去一路的风尘和娘家的旧习，要在婆家做新人了。我十分清楚地记得是婆婆亲自喊着小姑子把洗脸水端进屋，又叮咛了才走开的。洗完脸，我被叫到摆宴席的屋子里，阿訇让我和老公一起跪在地上，还让我们念清真言和作证言。当时我紧张得好像听到自己咚咚的心跳声，手心里也在冒汗。阿訇高声地念了姻卡哈。然后，公公和大伯子哥给每个桌子上的人散了乜贴钱。站席口的人把念了姻卡合的核桃、枣子、糖、花生撒到院子里，小孩大人争先恐后地抢着拾，院子里欢腾一片。老人说是沾沾喜气了。

开席了，先是吃完了九碗席。再到老公的哥哥嫂子家喝汤（是叫着做客，吃饭去。代表人家的热情）。汤喝完回到老公家里，又吃了个十三花席，最后就是起客。这时候已经快四点了，天气还是干冷干冷的，风也大了点，虽然穿得多，还是冻得人瑟瑟发抖，脸都成紫色了。记得老公这边在桌子上放了几碟子干果、油香、馓子，还有一只煮熟的鸡和一些牛肉片。双方的家人各站一边，彼此说着道谢的话语。婆婆把桌子上的东西分别装进蛇皮袋子里给妈妈家带上，也就叫作"回饭"了。大姐和嫂子也给我嘱咐了几句，她们眼圈都红了，我的眼泪也吧吧地落了下来。送亲的人都走了，院子里剩下的都是我不认识的人。我一个人孤零零的，心里的那种空虚与凄凉和万般的无奈都涌上了心头。我以后要在这个家里待一辈子吗？我真的离开我爸爸和妈妈了？以后我怎么办呢？我脑子乱急了，任凭眼泪肆无忌惮地往外流。这时婆婆来了，和大姑姐抓住我的手把我拉进了新房，安慰地说："我会和你妈一样的疼你，以后心慌了可以多回去浪几回。好着呢，别哭了，家里人都会疼你的。"晚上，老公舅舅家的表兄弟姐妹，自家的弟弟妹妹和亲戚朋友，还有庄子里的人都闹了洞房。他们走后，婆婆和大姑姐姐来"铺床"了，婆婆先吩咐我和老公背对背坐好。大姑姐嘴里说着："背子靠背子，相好一辈子！"然后大姑姐把一大盘子核桃、枣子、花生、桂圆、水果糖从我们的头上边撒边说："一把瓜子一把糖，恩爱夫妻百年长；一捧花生一捧葵，鸾凤和鸣展翅飞；双双核桃双双枣，儿子多来女子少；和和美美，早生贵子。"然后让我俩转过身来抢。就这样我稀里糊涂地成为了别人家的新媳妇儿。

　　以后的日子里，婆婆公公果真像疼自家的闺女一样疼着我。老公也把我当孩子一样的哄着，其实我也就是个懵懵懂懂的孩子。我也记着妈妈的话用心做事，早晨起得早早的，第一件事就是给我们和婆婆煨炕。天很冷，冻得手疼，煨完炕忙忙把手塞进被窝里暖暖。婆婆说："吃完早饭等太阳出来了再煨炕吧，一大早冻得很。"以后，我也听从了婆婆的安顿，吃完饭再煨炕。当时我也不怎么会做饭，只会做个洋芋面。每次做饭婆婆都跟上帮忙，我和面她捡菜，我炒菜她烧火。要是家里来客了，婆婆就亲自做饭。我当时根本不会蒸馍馍，都是婆婆蒸。记得第一次蒸馍馍，放了好多干面粉进去，撒上小苏打照着婆婆的样子再倒进去点油，然后就揉。我个子低，案板高，找个板凳踩上揉面。面黏糊糊的，沾了我一手，婆婆教我怎样褪去手上的面，怎样拧花卷，怎样揉馒头。最后蒸出来的馍馍还是成"金黄"的了。我很羞愧，羞愧得不敢往桌子上端。婆婆安慰说："没事，刚开始做都这样，慢慢就能把握了，也就会做好的。要知道我刚当媳妇的时候做的还不如你呢！"听了这话很是欣慰。

转眼到四月里。杏花开满了整个村庄，桃花把对面的山染了色，麦苗像泼了油似的深绿。胡麻露出了地面，冒出了它的小脑袋，两个瓣瓣嫩嫩的满地都是，一切都那么生机盎然。我也怀孕了。家里人因为我的怀孕特别高兴，有好吃的都往我怀里塞。门口的铁路仍然在修。老公出去包活干，公公去给人家看工地。家里的活计就落到我和婆婆身上了。山里人地多，胡麻地里的草，洋芋地里的草都得锄。婆婆让我不用去地里，在家里做饭就行，我觉得婆婆一个人干不完坚持要去帮忙。以后的日子里，一个老妇人和一个怀着孕的碎媳妇每天都忙于家务和地里。当然了，婆婆干的活比我多得多。

那年麦子特别的好。成熟了，家里人没让我割麦子，说我有身孕，在家做饭就好。可是家里也只有婆婆一个人割。她每天早晨做完晨礼就和我一起做饭。早晨的饭一般都是蒸馍馍，熬稀饭，在不熬稀饭时就炒洋芋菜。吃完饭她拿上镰刀、磨石，再提一暖壶水和一包馍馍匆匆地去地里。走时嘱咐我中午把饭送到地里给她吃，说这样一来她不用多跑路，二来还可以多割点麦子。老公和小叔子喂牛，喂羊。喂完以后他们去工地时给公公带点吃的。我只好在家里把几个屋子收拾得干干净净，院子也扫干净，把家里人的衣服洗洗。午饭有时候做的是米饭炒洋芋菜，再拌个小白菜。有时候做的是凉面，再炒点韭菜了。菜园种的也就只有这两样菜。我拿点饭，再提点水，到地里看见婆婆的身后躺着好长两行麦捆子。太阳火辣辣地晒着地面，地皮都是烧呼呼的。就送饭这会儿工夫烤得我脸上直冒汗珠子，背上的汗也流了下来。婆婆身上和脸上已经是脏兮兮的，后背的衣服上面已经湿漉漉的了。幸好地头上有棵榆树，坐在榆树的阴凉下，用磨镰水把手凑合洗一下，开始吃饭。我倒点水晾着。她笑眯眯地对我说："今年的麦子好得很，麦穗头头重得拿着打挑头呢。人越割越爱割了。怕有雷雨得赶快割呢。"她的样子看着有点累，神情里却洋溢喜悦！我看着这一大片金黄色的麦子，问："妈，这你得几天才能割完？还多着呢。"她笑着说："快着呢，今天割一天，再有两天差不多就割完了，这块麦子四亩多地。你没听过老人都说，眼睛是怕怕，手是夜叉吗？"旁边的地里，远处的地里，到处都是忙碌的景象。远处，传来了一个男人的歌声："山里的个野鸡娃，红冠子；我和我的尕妹子，割麦子……"顺着歌声传来的方向望去，原来是队上的七娃，他一边割麦子，一边唱歌。婆婆吃完饭稍微缓了缓，用磨石磨了镰刀又开始割了。看见婆婆半蹲着，右手拿镰刀从麦子的中间向怀里一拨，左手一下子抓住拨来的麦子，右手的镰刀再在麦子的根部割，咔嚓咔嚓地作响，动作非常娴熟，一会儿就是一捆麦子。我把她割的麦捆子拉到一起，下午公公来码整齐。就这样婆婆把那块地里的麦子一个人割完了，剩下几块地里的麦子叫麦客割了。当沉甸甸的麦子码满一地时，婆婆公公笑着说："我们家拜克媳妇子有福气，给我们家也带来了福气，麦子丰收了。胡麻籽也繁的，洋芋长得嫩嫩的。就连今年的蜂儿都多酚了十几窝子。"听了这话我别提多得意了，脸上笑开了花。

麦子刚割完杏子也黄了，满树的杏儿，黄澄澄、金灿灿的，甜滋滋的。一竿子敲上去，杏子纷纷落下。婆婆挑好吃的杏子给我妈家拾了一袋子，让老公用自行车捎去，说是也让妈妈尝尝鲜。村子里没有杏树的人家都到我们家摘杏子吃。吃杏子时大家坐在树底下边乘凉边拉家常。在院子里都是婆婆和她们的说笑声。真是三个婆娘一台戏，这话一点不假。有的人来干脆叫到房子里，给端上馍馍，倒上茶，拾上杏子，边吃边聊天。走时婆婆让她们自己摘些，挑甜的熟透了地摘。并且说："想吃了再摘来，多着呢，几个人嘛能吃多少。"杏子真是太多了，把剩下的杏子杏肉捏下来晒干，杏核子也晒干了，这些都是用来换钱的。我也帮着捏，可能是有身孕的缘故吧，捏着捏着就在树底下睡着了，婆婆也不叫醒我，给我盖上她的外套让我睡着。那年的杏核和杏干卖了四百多块。婆婆给我一百元。我当然不好意思要了，说老公给钱了自己有钱花。最后婆婆赶集去买了一块墨绿色的布让我拿到裁缝店里做裤子穿。看着那块布心里有说不出的高兴。

夏天去了，秋天来了。树叶也慢慢地变黄了。到处散发着野菊花的清香。家里人忙着掰玉米，挖洋芋。我还是做饭、煨炕、收拾屋子、扫院子。白花花的洋芋像鞋底一样大，拉回家堆在院子里像小山头一样。金灿灿的玉米棒子骑满了整个墙头，挂满了好几棵大树的树枝。婆婆高兴得合不拢嘴了，又说："我家娶的媳妇真有福气，把福都带我们家了。看我们今年所有的庄稼都成了。"老公买了好大一堆炭。婆婆让老公给我妈家装了十几袋子炭和两袋子洋芋，又让拿上饼干、白糖、罐头，用拖拉机拉去。我高高兴兴地坐上拖拉机和老公一起浪娘家去。家里喜事连连，我顺利生了个女儿，家里人都是爱不释手，你抱抱，他抱抱的，最后都被抱得放不下了，连睡觉都让人抱。婆婆是专门伺候我的。那时候鸡蛋都是个稀少食材，婆婆说："再少也要让月婆子吃上呢。"让老公到城里买了六十个鸡蛋，十个酥馍，三斤红糖，几斤挂面，这些都留着让我一个人吃。后来还把家里的鸡宰了两只，都让我一个人分好几顿吃了。公公上街买了一块有红花花的布，给小孙女做衣服穿。还买了三鹿牌奶粉，一袋四块五毛钱。我刚出月子，家里人都忙着给小叔子娶媳妇。娶的媳妇是同心人，和我年纪一样大，个子也和我差不多。人爱说爱笑很是开朗，也特别勤快。我们像亲姐妹般的一起说话，做饭，干地里活。婆婆依旧是那么和蔼可亲，依旧那么勤快，哪忙了到哪里，一会儿也不消停。

　　弟媳妇娶了不到一年，公公怕家里人多了事多，怕以后闹矛盾就给我们分了家。公公说四间北房是老公出的钱盖的，就让我们住去，他们住西房，弟媳妇住东房。又过了一年，他们把小叔子也分家了，说是为了减轻儿子的负担。这样，我们这个院子里住着三家人。有肉吃，或者包饺子，三家人有说有笑地坐一起吃。平时我和弟媳妇做的饭给老两口几乎是顿顿端着吃，婆婆只给他们老两口做馍馍就行了。炕我们俩谁先给自己煨谁就给老两口带着煨上了。衣服、床单也是我俩经常给洗。一晃五年过去了，我生了三个娃，俩丫头，一儿子。弟媳妇也生了两个娃。我又干家里活，又拉扯娃娃，又做地里活，人都瘦了好多，脸也蜡黄蜡黄的。用婆婆的话说娃娃拉扯娃娃挺不容易，她看着可怜的，于是，干脆把我大女儿放到她跟前她帮我带。地里的活我干不完时她也帮着干。有时候我爸看我不容易就来把外孙子捎回娘家帮我带几个月。大姐也常常让外甥女假期来帮我边带孩子边做饭。那时的日子是苦的，想想也是甜的。有爸爸妈妈的疼爱，有公公婆婆的疼爱，还有老公的疼爱，大姐的疼爱，妯娌之间相互的关爱。大院里热闹的情景，常常在眼前浮现，好多美好的回忆都在那时。

　　一个大院和睦相处了十年，我们有我们的日子，婆婆有婆婆的光阴。地几家人都是单另种的，单另收的。但是，活是一块儿做的。在大伯子的带动下，我们和老二家都买了辆145的大货车拉货。男人们都顾不上干地里活了，五家人将近一百亩田，多半都是公公和我们四个媳妇种了。公公套着牛犁地，我们三个媳妇跟在后面顺着牛犁开的地里，一个撒种子、一个撒化肥，一个打胡集，剩下一个在家做饭，婆婆当然是在家里看几家子的孩子了，有时候也来干地里活。春麦、洋芋、胡麻、糜子……都是这样种上的。锄草和收割那就是媳妇们的事了。我们四个媳妇，今天在这家地里干活，明天到那家地里干活，一起去地里，一块儿回家，说说笑笑和和睦睦地干活，有时候还边干活边唱歌。村上的人把我们称为"王门女将"。粮食种上公公也就天天去放羊了，有时回家还背一捆柴，我是拿不动这捆柴的。当然了，这柴是他们老两口做饭时烧的。我们烧的是碳，婆婆不喜欢烧炭，说那些年一直烧柴烧习惯了，不过有时候还烧胡麻柴和牛粪呢。偶尔炭用完了，我和弟媳妇就要用柴烧着做饭了，趁着公公不注意赶紧偷偷抱些柴进伙房用。公公看见说："这个媳妇懒得很，自己不砍柴去，光烧我的柴。"说完嘴抿着笑呢。其实他也不是真的嫌烧了柴，只是故意说说而已。婆婆给我俩帮忙说："让烧去，看这两个媳妇瘦的，到山上砍下柴都背不动。地里那么多的活哪来时间砍柴？还有这些娃娃都闹腾的。"

山里人自然多半都是山地，最愁人的是粮食割了往家里拿，没有路的地就用人背了。大嫂家的孩子，二嫂家的孩子，七八岁以上的孩子都来背。给小点的用绳子捆两捆麦子，大的捆五小捆麦子，再大点的捆八小捆了。我们女人们是十二捆，男人们十五捆了。一早晨能背四五亩麦子，真是人多力量大，蚂蚁都能搬倒泰山。记得有一次背完麦子，我浑身都发颤，恶心，头晕晕乎乎的，连饭都做不动了。婆婆让我去休息，她去做饭。做的鸡蛋面，给我碗里多放了些鸡蛋。能用架子车拉的地也是非常的陡，上山时，用牛套上拉车子。粮食装上就得两个人在前面朝后退着用力掌车辕，车子后面得一两个人踩车子，增加后面的重量，车子才能慢，才能稳。但还是要特别特别小心，如果一不注意车子就翻了，会滚下山去的。平地里的庄稼当然是用拖拉机拉了。

照看孩子也是件费事的活，家里大点的孩子上学去了。小的有大嫂家一个，二嫂家两个，我们家三个，老四家两个。最大的五岁，最小的几个月，我们忙时都是婆婆照看。吵吵闹闹的，一会儿哭，一会儿打架，"官司"都断不清了。吃饭时，大的自己吃，连吃带撒，小的婆婆给喂着吃，炕上还躺着一个哭的；尿裤子的，拉屎的，衣服都换不及，弄得婆婆都手忙脚乱了。我们回家时婆婆无奈地说："看这些娃娃比干一天活都累，把人都折腾死了，快都领回家去，让我歇会儿。"但是，在婆婆歇的时候剩下的孙子也会爬到她的身上玩耍，因为我和弟媳妇要做晚饭了。就这样我们在辛苦中，和睦中，快乐地度过了十年，孩子们也都上小学了。每天在婆婆的嘱咐声中，家里的孩子大的领着小的，一来回走十里路。早晨背上馍馍和水去上学，一直到晚上才回家。回家的那个时辰婆婆也常常站在大门口眼睛望着，等着她的孙子们回家。那个时候虽然辛苦，但也应该是公公婆婆最快乐的日子了。

后来二嫂家进城了，让婆婆公公给他们看院子去。婆婆临走时意味深长地说："我们老两口托了这两个媳妇的福了，在这里不用做饭，还给我端着吃。换地方就得顿顿做饭了，天天煨炕了。"其实，在我心里是我托了婆婆的福了，又帮我看孩子，又帮我做农活的。我也是舍不得让他们走。他们老两口走了以后感觉院子里都空了好多，西房那边好像是白了一大片。以后的日子里我也常去婆婆那里，去了也做饭，也洗衣服，但就是没有在一个院子里方便。

后来大嫂家为了跑车方便也进城了。我们也为了能让娃娃受到良好的教育从乡里的学校转到了城里的学校。记得那天离开，婆婆背坐在炕上默默地哭，我心里也难受地流泪。弟媳妇也舍不得我们一家人，说："你们几个都走了，这里就剩我一个人了……"话还没说完眼泪也哗啦啦地流下来了。毕竟一个院子住了十年，都有了很深的感情。老公把婆婆拉转过身子，握住婆婆的手像哄小孩似的说："妈，你别哭了，我现在有车呢，随时都会来看你们的，看你这个样子我心里也难受。三个娃娃上学没人做饭，要不然我们也不会过去的。我也舍不得你和我大（爸），以后我把你们接我们家去，我养活。"公公的眼圈红了，眼泪顺着脸颊胡须流了下来。婆婆哽咽着说："我哪里都不去，我就住这里，我和你大能动弹呢，给谁也不添负担。再说城里我也住不习惯。去吧，去吧，常回来转转就行了。"走时，家里人的那种依依不舍的神情让我至今难忘。就这样，我们撇下最疼我们的公公婆婆进城了。

岁月的无情，时间的流逝。又过了十年了，这十年的日子过起来是很漫长的，回想起来却是太快了。婆婆公公苍老了很多，我们也到中年了。在这十年里，我们也经常回家看望老人，买上水果、蔬菜、肉之类的食物还有一些生活用品，给老人也经常给钱。当他们老两口每次听说我们要回家去，婆婆便早早地做饭，公公就在大门和院子之间转出转进地等。我们刚进门，热腾腾的饭菜就端上来了。我们家的娃娃也都大了，大女儿在上海一家公司上班，二女儿上大二，儿子上高三。大嫂和二嫂家的几个儿子都娶上了媳妇，并且都生了孩子。这些孙子孙媳妇们都很孝顺爷爷奶奶的，并且和我们一样，每次回家都带好多吃的，用的东西。不过，必须得给老两口把重孙们都带上，要不然老两口是不高兴的。老两口也不再种地，其实也是种不动了，但是还养着十几只羊，公公有时候把羊喂在家里，有时候也到山里去放。我们都劝他不要养了，一天还要割草喂它们呢。他却说："闲了改个心慌，反正一天也没事干。"如今婆婆已经七十多岁的人了，头发白了，背也有些驼，身体再没有当年那么刚强了，性格却还是那么要强，老两口自己还是做着吃，谁家也不去，就守着我们那个窑儿沟住。她说："我们在这里生活了一辈子，习惯这里的生活。城里不好，空气不好，连尿尿都不方便。只要你们有时间常回来转转，我们老两口都是高兴的。东西少买，你们都朝来买也吃不了那么多。"现在每次回家，看着婆婆那样子，我心里很是内疚和心疼，恨不得把这个礼拜的饭都做下，让她不用那么劳累。前两天回老家，婆婆在大门口站着，看到我们来了高兴地迎上来，和我们一起拿下车里的东西。一边走一边说："今天手心痒的，心慌的，想着看你们谁都过来吗？还真过来了。也不知道人老了还是咋的？你们几天不过来就想你们了。"婆婆是一位伟大的母亲！她教会了我很多事。包容、勤劳、贤惠、善良在她的身上随时可以体会得到。我爱她如爱我的生母一样。我们妯娌之间谈话都说以后做婆婆就像妈学习，如果像妈一样做婆婆，将来也肯定是个好婆婆。

如今看着婆婆公公的年纪已这么大了，大家实在是不忍心让老两口再这样孤零零的生活了。大伯子和老公商量着这个礼拜把公公婆婆接到城里来住，这样我们就可以天天照顾他们了。是啊，我要好好的孝敬他们，要让他们的晚年在幸福快乐中度过！

悠悠女儿情

"大，您摩托骑慢点，路上要千万注意安全哦！"在多次的叮嘱和担心之中我目送着父母离开了。

看着父亲骑着摩托车捎着母亲远去的背影，我的心里像压了块大石头一样沉重，泪水不知不觉地模糊了我的双眼。此时的我觉得自己既惭愧又无能。从未有过的后悔涌上心头，后悔当初怎么就不好好读书呢？要是有份正式的工作起码比现在的工资会高一点，这样的话我可以用多一点的钱来补贴父母。

昨晚，父亲来电话说他和母亲今天到城里来看小舅和婆婆。小舅是七天前因肚子疼来医院的，经过检查是肠梗阻和尿结石就住院了。当时父亲是随着舅舅一块儿来医院伺候了舅舅两天才回家去的。婆婆因腰椎间盘压迫神经引起的症状而住了院。

在我们吃完早餐收拾厨房时，听见楼道里有人说话，向外面一看原来是父母来了。父亲已经上了楼梯到门口了，手里提着个白色透明的塑料袋，里面装着一些韭菜。母亲还差几个台阶就上来了，她一只手扶着楼梯栏杆一只手拄着膝盖，看起来很吃力，她看到我就说："这四层楼走上来人气儿都没了，腿也特别酸……唉！到底是老了。"我给父母打了招呼，并且搀扶着母亲上楼梯。

因为单位早餐刚吃过，所以吃的东西还有。我给父母端来了花卷、牛奶、鸡蛋还有拌的豆角菜。他们边吃边和我聊天。

父亲说他和母亲刚才在医院已经看过舅舅和婆婆了。知道我这会儿肯定在单位，所以也就来这里了。母亲对我说："你上次说想吃家里种的韭菜包的饺子，我今早就给你割了些，也给你娘娘（远房姑姑）家割了些……"

其实，上次回娘家看见院子里的两块韭菜头茬已经割完了。我对母亲说自家地里种的韭菜包的饺子吃起来香，但是都被割完了，要不然的话晚上我们就可以包饺子吃。谁知母亲便一直记在了心里。

"妈，你不是说还给我娘娘割了些韭菜呢，那些韭菜呢？"

"在楼底下的摩托车的兜兜子里装着呢。"

"啊，你和我大是骑摩托车来的？"我惊讶地问母亲。

母亲嘴里回答着，眼睛却看着父亲："嗯，就是的。你大骑摩托还骑得快得很，人坐在上头忽闪着感觉害怕得很！"

我以为父母是坐客车来的，听母亲这么说，我的心里真是特别的难受！又担心又生气还加心疼地责怪起了父亲。

"大，您都这么大年纪的人了怎么还不让人省心呢？这么远的路还捎着我妈，怎么就不搭个车来呢？一大早你们老两口就不怕冷呀？要是感冒了怎么办，万一路上出个啥事你让我们咋办呢……"

父亲并没有因为我的责备而生气。他只是笑眯眯地说："好着呢！早上我喂完了牛和羊，看天气晴着呢，也凉凉的，觉得骑摩托车舒服也方便！再说坐车要在公路边等去呢，到了城里又要等公交，倒公交，麻烦得很！我和你妈七点起身的，八点半就到了，走了一个半小时，觉得还快着呢！"

"我的大大呀！你们都已经是过了七十岁的人了，骑着摩托车走了近一百里远的路，怎么能不让我担心呢？"我不知道再用什么话能说服父亲!

其实，我知道父亲说的那些话都是借口。他和母亲到城里一来回要六十块钱的车费，为了省车费他们便骑摩托车来了。父母是单另住的，他们的主要经济来源是靠把牛羊养大卖成钱，用做日常开销的。父母还种着四亩玉米，玉米籽和草都是粉碎了用来喂牛羊的。每个月政府会给他们一人一百二十五元的养老金，母亲一个人享有低保，政府每个月会给她一百五十元的补助。当然了我们姊妹们也会适当的给父母些钱补贴家用的。这些钱加在一起也就勉强够他们老两口的日常开销了。但是，要是遇到几个搭礼随情的他们的日子就不好过了。因为去年盖房子花掉了不少钱，再加上最近人情礼特别多，所以也给父母经济上带来了很重的负担。为了能省点钱他们便骑摩托车来城里了。

现在很多老人都和孩子单另住。城里的老人大多数都有退休金，也不用干苦力活。他们比起农村的老人来说生活条件是好的，生活过得也安逸。而农村的老人大多数靠仅有的几亩田来过日子，他们的经济是很拮据的，生活也是很困难、清苦的。

每当清晨，我看见城里的老人在悠闲地爬山，在跳广场舞，在公园里散步的时候，我就不由得想起了我的父母，想起了农村的老人。他们此时有的人正在忙着喂牛喂羊，有的人在地里干活，有的人在山上给牛羊割草……此情此景无不在触动着我的心!

吃完饭，我让父母去我们家里坐坐，休息休息。可他们却坚决不去，并且说我待会又得给职工做中午饭，完了还得去医院给婆婆送饭照顾婆婆已经够忙的了，也够辛苦的了。见了我就行了，不再麻烦我了。说他们去娘娘家转一圈，得早点回家，家里还有牛羊下午要喂……在他们的坚持下我最终妥协了。

于是，我把父母送下楼，给母亲手里塞三百块钱时，母亲把我的手推开坚持不要，说自己有呢，说我也不容易。我们母女在单位院里你拉我扯，最后硬是让我把钱塞到了母亲的衣兜里。母亲就是这么个人，不管手头有多紧，却从来不会开口向儿女们要钱的。即使给她，她也会推三阻四地说自己有！

父母走了以后，我的心里一直很沉重，也很难过！曾经多次的幻想又出现在我的脑海里：假如有一天，我先父母而去，我最放不下的人会是谁呢？

然而，在我内心最深处不止一次坚定地告诉我，我最牵挂最放不下的人是我的父母，而不是我的老公与孩子。

我知道我走了老公肯定会痛苦一阵子，但他最终会续弦，会有人代替我在他心目中的位置。孩子虽然会想母亲，也会在心灵中留下遗憾与缺失，但是他们会变得更坚强，更懂事。他们也将会找到自己的另一半和他们共同生活，生儿育女。

而父母呢？他们会因为失去自己的骨肉痛苦一辈子。我看到曾经最孝顺的大姐离我们而去给父母带来的沉重打击，十年了，他们从未走出过悲痛的阴影。尤其是母亲苍老了许多，颓废了许多，情绪也低落了很多！我有好多次看见她因失去爱女悲痛地号啕大哭的样子，也看见过她偷偷抹泪的情景。直到现在，每当姐姐的祭日，她也是以泪洗面。所以，我默默地祈求在父母有生之年让我健健康康地活着，为自己尽孝，替大姐尽孝，不要让父母再次受到沉重的打击，让父母安逸快乐地度过晚年！我知道人活着不光是为了自己，也是为了自己身上的那份责任与担子而活。

中午一点多给婆婆把饭送到医院以后，给父亲打电话，父亲说他们已在回家的路上，我再三嘱咐让他骑慢点，到家给我打电话……

我不敢再打电话了，生怕父亲骑摩托车受到干扰……我心急火燎地一直关注着手机和时间……

　　终于，我的电话响了，是父亲打的，我悬在心头的一块石头落了地。

回娘家

周末，我撵着太阳回了趟娘家。

太阳从不远处的山边坠落了，淡淡的晚霞布满西方的天际。风呼啦啦地吹着，吹得田地里的废塑料膜漫天乱飞；大门的围墙外面正在发芽的杨树被风吹得东摇西摆；院子墙角处的松树也冷得瑟瑟发抖；院子里已经布满花蕾即将开花的杏树像个不倒翁似的摇个不停；几棵梨树、苹果树黑灰色的枝条也被风吹得呜呜作响；炉筒子里青色的烟刚刚冒出就被风刮得无影无踪；牛棚里的牛哞哞地叫着，羊圈里的羊羔也咩咩地叫个不停。父亲背着装满用玉米秆铡碎的草背篓，弯着腰，左腿有点瘸的往牛棚走去。背篓最上面的草叶被风吹得满院子乱飞，因为父亲的外衣没系扣子，他的衣襟也被风吹得飞起。这已经是今天第三次给牛添草了，给牛添完草以后他还得给羊添草。早晨一般是给牛羊拌料，而这样的事情他都是每天早晚必须做的。日复一日，年复一年不管刮风下雨，不管严寒酷暑他和母亲都是这样做的。而这还不算什么，真正忙人累人的活是在田地里，一年四个季节，他和母亲三个季节都忙地里的活。从春天开始犁地、播种、除草、施肥一直到秋天的收获只要不是下雨天他们每天都忙碌在田间地头。把每一块田地种得仔仔细细，打理得井井有条，地里似乎一根杂草都没有。因为这些都是他们的希望，都是他们的生活来源！

看着父亲的背影我的眼睛湿润了。想当年父亲的腰板多么挺拔，步伐是多么的矫健，干活又是多么的卖力！现如今因为长年累月的劳作，随着年纪越来越大，他的身体一天不如一天了。今年还因腰椎间盘突出和高血压住了一次医院，到现在腰腿还没有好！看着他这样我觉得自己很惭愧，觉得父母辛辛苦苦把我拉扯大，我却忙着过自己的日子没能给他们帮上太多的忙！我们姊妹们也曾多次劝过父母让他们把牛羊卖了再不要那么辛苦地喂了，由我们来养活他们，可他们就是不听，还说我们都挺不容易要供养娃娃上学，家里到处都得花钱，自己过好自己的日子别让他们操心就行。种地喂牛羊他们权当是锻炼身体，权当是打发时间。在他们的坚持下，我们也只能妥协。可是，我的老父亲，你们毕竟是七十岁的人了，看着你们这么劳累做儿女的怎么能忍心呢？其实我们知道打发时间，锻炼身体的话只不过是让我们不要内疚，也不要对你们有太多的牵挂而已。你们为我们操了大半辈子的心，受了大半辈子的累，是该让我们孝敬你们的时候了。可是你们依然还是替我们着想，这又让我们做儿女的情何以堪呢？

在这样冷的天气里，唯一暖和的是母亲的热炕了。每次回娘家，总喜欢坐在母亲铺得软软的热炕上闻着淡淡的牛粪味和母亲拉拉家常，听父亲谈这说那。心里面也就暖暖的，觉得有爸有妈真好，真幸福！可今天的热炕不是母亲煨的，是大哥煨的，因为母亲感冒了，病了！大哥煨的炕依然暖暖的，烫烫的，和母亲煨的炕一样暖和。此时，母亲睡在这暖暖的炕上，发出微微的呻吟声。而不是每次我来时，忙碌的身影和唠唠叨叨的话语。大哥和大嫂这几天一直陪着母亲输液，照顾着母亲，也帮母亲喂牛喂羊。大哥是与父母分家另住的，离母亲家有一里多路。刚才母亲输完液回家我和嫂子做了面她勉强吃了点就在热炕上睡下了。细细打量着母亲的脸庞，看见她的两鬓头发花白，额头上有几道深深的皱纹，眼角布满了鱼尾纹，因为有病眼睛显得暗淡无光，憔悴苍白的面容还略有浮肿。看着她病怏怏的样子我很是疼惜和愧疚，愧疚自己离父母家有点远很少照顾他们，只能周末来看看。也很庆幸大哥大嫂离得近，家里老两口有个头疼脑热的他们可以照顾，这让我心里有了一丝的安慰和踏实。

其实，在我们周围还有很多老人子女都在外面打工，或者在外地居住的，一年也回来不了几次，他们的生活是困苦的，艰难的，心灵更是孤单和寂寞的。所以，我觉得在父母有生之年我们要尽自己所能关心他们，孝敬他们。常回家看看，并且抽时间来照顾他们。让他们不再孤单，让他们觉得幸福！让我们也心安理得，不留遗憾！

夜幕降临了，风也停了。月亮露出了它清秀的脸庞，星星也调皮的眨巴着眼睛俯视着大地。大哥和大嫂看我在父母身边就踏着夜色放心地回家了。灯光下父亲和我坐在热炕头上拉着家常，母亲在睡梦中嘴角挂着微笑……

父亲的爱

  我上面有两位哥哥和两位姐姐。而最小的我被父亲经常亲切地唤作"老女子"。"老女子"在我们这里是对家里最小最疼爱的女儿的称呼。所以，这老女子的称呼里，包含了父亲对我深深的爱。

  记得小时候，我常常骑在父亲的背上把他当作马骑，而且还"驾驾"地喊着，父亲在铺着席子的炕上爬着转圈，任由我的小胳膊小腿在他的身上踢踢打打；有时候，父亲还会把我驾在他的脖子上，满院子飞快地跑，我张开双臂，嘴里笑着喊着："哦，飞啦、飞啦、我要飞起来啦！"有时候父亲坐在炕沿上时，我会双脚踩在父亲脚背上，父亲双手抓着我的小手，我们面对面，父亲的腿前后荡起来，我整个人也荡起来，那种游戏叫作"荡秋千"。当时觉得父亲的手是无比的温暖，父亲的脚是那么的有力，父亲的笑容是那么慈祥，而我又是那么的快乐。

  记不清楚到底是为了什么而挨了母亲的打，但是清楚地记得父亲回家了，我一下子飞奔到父亲跟前，哭诉了我的委屈。父亲疼爱地抱起了我，在我的小脸上亲了亲，对母亲说："你怎么把我的老女子惹得哭成这样了，以后要是再打我老女子我可要打你的。"他用那温暖的大手帮我擦掉了脸上的泪痕。父亲帮我"撑腰"了，别提我当时有多得意了，立即做个鬼脸给母亲，母亲假装生气地白了我一眼；和二姐去上学，偷拿了父亲的五元钱。那时候的五元钱对我们这个贫穷的家庭来说能买好多生活用品，而我们却拿着五元钱买了好多瓜子、糖之类的东西和同学们挥霍了。后来被父亲发现了，可能是我中午回家睡着了的缘故，或许是父亲对我的偏爱，醒来之后听母亲说，父亲狠狠地揍了二姐一顿，而我却浑然不知。父亲竟然连批评我的话语都没有。要知道，那时候家里任何一个人要是犯错，肯定都会受到父亲的打骂，而我却是唯一可以逃过的人。其实，父亲对我的爱是纵容的。

后来我结婚了，父亲也一直为我家的小日子操着心。丈夫外出打工时，父亲会扛着犁帮我家犁地，那犁过的土地里踩下了父亲无数的脚印；盖房子时，父亲卷起裤腿拿着铁锹帮忙铲着沙灰，太阳底下的他挥汗如雨。

记得那年，丈夫准备买货车跑运输，资金不够，父亲把他在煤矿里挖煤赚来的一万元全都给我家垫上。还跑了很多趟信用社，求了很多情为我们贷来了五万元的贷款。六万元，对当时的农村人来说已经是个不小的数目了。他的这六万元真是为我们解决了大问题，让丈夫买到了车，跑起了运输。

因为我们买的是贷款车，每月要给卖车的公司打八千元的车款，所以到年底还信用社贷款时，钱却没有凑够。父亲决定把家里的两头大犍牛卖了，先把贷款还了。我坚决不让父亲卖牛，让老公自己再想想办法。父亲却说："卖了吧，困荒时月的，家家都不容易，你让他去哪里想办法呢？牛卖了把贷款还了，然后贷出来可以再买牛。信用社的钱一定得还上，做人可千万不能失信。人一旦失信，就不会有人信任你，也不会有人再帮你的，以后的路也就会越走越窄。"

记得那是十二月雪后的一天，天非常冷，呼出去的气能瞬间在睫毛上结冰。地面全都被雪覆盖着，到处都是白茫茫一片。吃完早饭，父亲穿上了皮袄，拉着家里能耕地的大犍牛到集市上卖。我站在大门口，看着父亲拉着牛，踩着厚厚的积雪发出"咯吱，咯吱"的响声向集市的方向走去，脚下还时不时地打着滑。我的心里无比的沉重与感动，也非常自责，泪水模糊了我的眼睛。

那可是家里最值钱的东西，也是父亲仅有的家产呀！他却为了女儿要变卖了。因为天气的原因，那两头牛便宜卖了近千元。父亲的这钱真是雪中送炭，让我家保住了信誉。父亲雪天拉着牛走的背影，这么多年来一直深深地烙在我的脑海里，每每想起，心里满是惭愧和感动。

由于父亲当年的支持，我们的日子越来越好过了。在城里买了楼房时，父亲高兴的好像是自己家买了楼房似的，他为我们买来锅碗瓢盆，还擦这里抹那里的。丈夫也因为父亲多次帮忙而感激，特别孝敬父亲。他曾对我说："咱们能过上这么好的日子，都离不开当年岳父的多次帮忙，这辈子我会记着他的好，会好好孝顺他的。"听丈夫这么说，我的心里也是暖暖的，他总算没辜负父亲的一片心。

其实，我知道在父亲的心里只要儿女们的日子过得好，他的心里是高兴的，觉得自己也是幸福的。

住到城里，就要买蔬菜吃，不像农村人，地里种着各种蔬菜可以随时吃。父亲每到夏天，都会为我们送来家里种的新鲜蔬菜，而且要送好多次。其实，城里什么蔬菜都有，也挺方便的。但是，父亲却还是一直送，一来是为了让我们吃上新鲜无激素的蔬菜，二来是来看看他的老女子和外孙们。前段时间我生病了，父亲一天打好几个电话来问候。最后不放心，还是大老远跑来看我了。他一看见我就说："看把我老女子病成啥了，两只眼圈子青的就像谁打了两拳头，脸上都没有血丝了，一天把药按时吃上，好好把身体调理好，自己照顾好自己……"

父亲对我的爱是无私的，它伴随着我走过了四十多个春秋，但从未要求过回报。父亲老了，头发白了，背也驼了。看着他不再挺拔的身躯，想着他对我所有的好，温暖中便有了惆怅。真希望父亲永远健健康康，真希望他的爱能伴我到永远。

父亲住院了

昨天下午父亲打电话说他腰和腿疼得厉害，准备到固原来检查，问我早晨能顾上陪他去看病吗？我果断答应并且问了他的病情，然后交代他早晨别吃别喝有利于检查，也给父亲说若是我早餐做完迟了的话就让老公带他去检查。

看来父亲的腰腿疼得厉害了，肯定是扛不住了，否则父亲是不会轻易进医院的。因为他一向不爱吃药，也不喜欢打针，更别说到医院看病了。早餐做完我还没顾得上吃就给父亲打电话问他到哪里了（父亲家离固原有七十公里的路程）？他说已经快到了。于是，我便急匆匆地前往医院。

刚到医院老公也来了，他先去给父亲挂了号，不大一会儿父亲来了。看着父亲的腰弯曲着，腿一瘸一拐蹒跚着走了进来，我赶忙向前走了几步搀扶住了他的胳膊，看见他苍老的脸浮肿的特别厉害，本来已经下垂的眼皮肿得都快拖到一块了，呼吸又是那样的急促。我的心被揪住了一般的疼，怜悯和疼爱之心满腔都是，嗓子哽咽了，眼睛也模糊了。父亲是多么刚强的人啊！怎么会病成这样了？

医院里人很多，走廊里，座椅上，大夫的诊治室门口到处都是人。推开大夫的诊室，屋子就一间大，但是满屋子的男人和女人。上了年纪的人比较多，有病人，有家属。目光穿过人缝看见一张桌子上放着个量血压的仪器，还有处方纸和病例本。大夫身着白大褂，戴着顶蓝帽子，脖子上还挂着个听诊器坐在办公桌旁的椅子上，一手把着脉一边询问着病人的病情。他是按挂号的顺序诊治的，前面诊治的是二十三号，父亲是二十七号，还得等一阵子。

大夫诊治每一位病人都要耐心地询问，细心地检查疼痛的部位，还要给病人开检查的单子和药方。我们在焦急地等待着，幸好门后面有一个很窄的床，可能是诊治病人时用的床。父亲一会儿斜坐在那里，胳膊肘子撑在床上，像坐又像是侧卧的样子，一会儿又吃力地坐端正……这肯定是父亲的病痛没奈何在那里折腾，但坚强的父亲并没有发出一点呻吟。我只能在父亲的身边眼睁睁地看着父亲疼痛难挨、坐立不安的样子。

等了近一个小时，终于轮到父亲了。大夫首先温和地询问父亲哪里疼？父亲说："腰疼，腿疼，胃这里有一块也疼，还有浑身都浮肿，眼睛都快睁不开了。"大夫给父亲量了血压，高压一百八，低压一百二，说血压高得厉害。问以前血压高吗？头晕吗？还有别的病吗？父亲回答说："没量过血压，有时候头是有点晕，也没检查过，可能都好着呢！"

父亲说的都是大实话。由于家住在农村，经济不宽裕，再加上没有医疗条件，农村人大多都是到了万不得已才到医院看病。有很多人因为病发期不知道，一直拖到严重了才去医院看。更何况父亲是个性格十分刚强的人，身体一向很好，有点小病也是执意不去医院的。有时候感冒，他吃几顿感冒药就好了。

记得上次去医院是五年前的事了。那是一个冬天的早晨，我正好在娘家。早晨起来推开门漫山遍野白茫茫的一片，山上、田地里、院子里、树枝上、屋顶上、玉米架上全都是雪。父亲把火炉架得旺旺的，使得屋子里暖暖和和的，然后给牛和羊添了些草料，之后和我在院里扫雪，扫了一堆又一堆。扫着扫着父亲的鼻子流血了，血滴在雪上，染红了那一片的雪。我和母亲赶忙给父亲用冷水洗额头，用纸巾塞鼻子可怎么也止不住，血浸湿了纸巾，顺着纸巾不住地往外滴，像输液器的药液开关放到最大一滴连一滴地滴着，甚至比那点滴更大些。纸巾塞上去又湿了，一茬接一茬的换着塞，却怎么也止不住，我们吓得不知所措了。小哥一看止不住，就开上车叫上大哥拉着父亲和我，拿了些纸巾和一个大碗去医院，我们到了乡上医院，医院说没法看，要到大点的医院看。于是，哥哥又掉头向市里的医院驶去，路太滑不敢开得太快。只有我们这一辆车子在白茫茫的公路上小心翼翼地行驶着，后面留下了深深的车辙。父亲的鼻血还是不停地淌着，小哥开着车不停地回头看看父亲，又回过头去开车。大哥神情紧张地一遍又一遍地给父亲换着纸巾，目不转睛地盯着父亲的脸生怕父亲晕过去。我手里端着的大碗已经有多半碗鲜红的血液。看着父亲这蜡黄的脸，我的泪也像这血一样的滴着，心里更是焦急万分，却又无从奈何，只盼望着能快点到医院。我怕父亲的血流完，我怕从此会失去父亲。虔诚地祈祷着："怜悯我父亲吧，快让鼻血不要流了，止住吧……"我觉得这路太长太长，走的时间也好长好长了！

半路上，我们两次停下车倒掉了碗里已满的血液，丢掉鲜血浸透了的纸巾，血在雪地上显得是那么殷红和恐怖。父亲的脸蜡黄，表情看起来也有些忧虑、害怕和茫然……我们谁都没见过有这样流鼻血的，也都被这种情形给吓坏了，生怕就此失去父亲。我也给老公打了电话，情况紧急让他赶紧到医院先给父亲挂号。当我们到医院时，老公已经挂好号等着我们。

我们急急忙忙把父亲扶到医生的诊室，医生检查说是鼻子的毛细血管破了，哥哥和老公他们把父亲推到治疗室，医生用仪器焊住了鼻子里的毛细血管，血终于止住了！我们这才松了口气，总算是有惊无险，心也放下了。大夫给父亲输了几组药液，开了些吃的药让回家休息，说回去给好好补补。那是父亲平生第一次到医院看病。

大夫询问完父亲后，说脸和浑身都浮肿，可能心脏不好，也可能是肾上不好，开单子让检查去。站在一边的老公对大夫说："血压已经那么高了，而且浑身都浮肿，我看还是先办个住院手续住下了再做检查，这次给好好把病看一下。"父亲却说："拍个片子看是啥病，回去了再抓药吃，估计没什么大问题，住院麻烦的。"我知道父亲是怕花钱，更害怕拖累我们，也怕家里牛羊妈妈一个人喂不了。我就赶忙说："住下吧，看你都病成啥样子了，好好看病，钱我们有，也不麻烦，更何况国家现在政策好的还报销多半医疗费呢。最近他（老公）在家，燕子（我女儿）也在家由他们照顾你。家里小哥最近从红寺堡回来着呢，他和妈妈在家里喂牛和羊，你就安心地住下吧！"父亲没扭过我和老公，就这样大夫开了住院证明，我和老公交了医疗费，父亲便住进了医院。这也是七十三岁的父亲这辈子第一次住院。

大夫细心地询问了父亲的病情，并且开了查B超、CT、心电图、血检和尿检的单子。最先做了心电图，我把父亲扶到床上，让躺好，轻轻地给把裤管卷起，袖子卷起，也把胸前的衣服抹起，生怕把父亲弄疼了。大夫给父亲手腕和脚腕卡上心电图卡子，胸前也贴上了仪器。做完后，我一手拉着父亲的胳膊，一手搬着父亲的肩膀，把吃力地父亲拉起，父亲是腰疼得使不上劲了。快十一点了，剩下的检查由老公陪着，我要上班去了。老公嘱咐，让我下午不用到医院来了，这里有他可以了。

下班我去医院时，父亲已经输上液体了。老公说检查出来了，父亲的心脏不太好，一个肾有点肿，但是不太严重，可能是血压太高引起的，让饮食上注意，不要吃肉。腰椎间盘突出引起的腰腿疼痛也无大碍。我有点不大放心，又去问了大夫，答案是一样的。无大病，我一直悬着的心终于放下了。医生还说幸亏到医院来了，要不然血压太高，可能会引起很多并发症的，譬如脑溢血，脑梗塞等病症的。

　　阳光透过窗户暖暖地洒进病房，洒在我的背上，洒在父亲的身上，使得本来就温暖的病房里更加暖和。洁白的被子披上了金黄，窗台上的吊兰青翠欲滴，生命力非常旺盛。病房里虽然干净整洁，但是还有淡淡的药味。看着父亲安静地躺在病床上，那花白的头发，布满皱纹而又慈祥的脸特别憔悴，目光也是暗淡无光，人显得疲惫不堪。我的心里又是暗潮涌动，眼睛又湿润了。我的老父亲，您就安心地治疗吧，您的健康是女儿最大的幸福！您是女儿的精神支柱，您不能倒下，我要您快点好起来！

　　母亲打电话问父亲的病情，小哥和大哥脱完家里的玉米也打电话询问父亲的病情，说他们第二天一大早就过来照顾父亲。还说他们再拿些钱来让父亲好好看病，这次把那些杂病都给好好看看。我陪在父亲的床前和父亲聊着天。好长时间都没有这么长谈了，我们话连着话，说起了孙子的婚事，女儿的工作，二姐夫的病情，外甥女的生活……聊了很多很多，父亲的语气里处处都流露着对子孙后辈的牵挂和操心。看着父亲没有早晨刚来时那么疼痛了，我放心了许多，期盼着父亲早日康复，早日出院，健健康康地在儿孙的陪伴下过个快乐年！

暖暖的爱

最近，感觉自己的腰腿疼痛，去中医院扎针治疗，父母得知后，一直嚷嚷着要来看我。其实，我的病并无大碍，自己也清楚的知道父母家里喂着牛羊，来我这里也是住不了两天的。我再三阻拦让他们别来，最终我还是没能说服二老。

那天中午，我刚从医院回家，听到有人敲门。推开门一看是父母来了，而且还抬着一大袋子东西上楼了，父亲已是满头大汗，母亲更是气喘吁吁。看这袋东西便知道，肯定是家里种的蔬菜之类的农作物。看着二老因这袋东西累成这样，突然心里一种莫名的感动与心酸，竟然一时忘记了把父母请进家门。

愣了一小会儿才反应过来，我赶紧帮父母把拿来东西抬进屋，好沉的一个袋子，足足有六七十斤重。便责备他们来时也不先说一声，我好去接他们。他们却说，知道我有病不能拿太沉的东西。

我给父母泡好茶，把袋子里的东西一样一样地取了出来。里面有四五十个玉米，一些辣子，四捆韭菜，还有一些豆角和几个茄子。母亲说，这些是给我和侄女两家拿的。她把东西分成了两份。她说，上次大哥来时，玉米还有点嫩，就给我们挑了不多的几个。这几天玉米饱好了，煮着吃正是时间，来就顺便掰了些，知道城里这些东西是缺货，即便是能买到也不是太新鲜。

我问母亲，这么一大袋子东西沉沉的，你们怎么拿来的。母亲说，是父亲用摩托车捎到公路边，把摩托车寄放在公路边上的农户家中，然后搭班车到固原，再坐公交车来的。

公交站离家还有五六百米远，我不知道他们老两口是用怎么样的姿势与方法抬来的。也不知道他们途中缓了多少次才到我家门口。听母亲对我说时，我仿佛看见年迈的父亲和母亲，抬着这一大袋东西吃力地绑在摩托车上，吃力地抬上班车，吃力从家蹒跚而来的样子。我心里一酸，又责备起了他们："拿那么多也不嫌沉，你们就不知道少拿点。"自己虽然埋怨父母，其实我心里很清楚，每年给我送蔬菜已是父母夏天必做的事情。

母亲很勤劳，院子里种着一大块菜地。有萝卜、黄瓜、西红柿、葱和韭菜等好多种蔬菜。每到夏天，菜园子里的蔬菜熟了，父母总是惦记着我和远在红寺堡的哥哥。他们总是不辞辛劳地用架子车拉着蔬菜等农作物，到公路边上，给去红寺堡的班车上带。而且，一年会带好几次。我每次回娘家时，他们总是让我带些回来吃。有时候，他们也会抽空给我送些来。其实，我们小区门口的早市什么蔬菜都有。但是，父母却说没有家里的新鲜，而且买的蔬菜激素也多。父母说的也不错，就拿西红柿来说吧，家里种的吃起来沙沙的，酸里带甜，很好吃。外面买的，吃起来像萝卜似的脆脆的，一点味道也没有。

因为侄子这两天在父母家照看牛羊，所以很高兴父母晚上就不用回自己家了。晚饭过后，本来打算带父母出去转转。但因为我的一篇文章要在固原电视台微信直播网里朗读，邀请作者去现场，所以没能陪父母出去。当我回家时，一开门便闻到一股浓浓的玉米香味。啊，看来是母亲已经把她带来的玉米煮熟了。心里一热，暗自高兴，有母亲的日子真好，觉得整个屋子都是温暖的。看见母亲和父亲还有女儿，坐在豁亮的灯光下捡韭菜。母亲见我回来，赶忙到厨房里给我端来了热腾腾的玉米。她说，玉米当天掰的要当天煮，这样煮出来的玉米才甜。吃着金黄的玉米棒子，果然好香甜，它伴随着父母的爱，甜到了我的心坎里。

和父母边拣韭菜边聊天，都是关于周围人和亲戚家的琐事。每次和父母坐一起，总是东拉西扯地聊上好长一会儿天。母亲说，韭菜正是腌的时间，把这些韭菜拣了腌上。韭菜这东西，只要盐放多些，吃一两年都不会坏的。母亲去年给我家腌的韭菜到现在还是绿莹莹的，都没吃完呢。好多年了，我家腌的韭菜都是母亲家菜园子里种的，也是母亲亲手腌的。有时候她在自己家里腌一坛，我回娘家时，她让我带回来吃。有时候是母亲在我家里腌的。去年的韭菜就是她在自己家里给我腌的。我说，前两天想吃韭菜饺子，但是因为最近腿疼也没有做，等我这几天干针扎完，哪天闲了包些饺子吃。晚上，我们聊到半夜才睡。

因为针灸科的班上得早，第二天一大早我便去了医院，女儿被同学叫去爬山了。出门时，我嘱咐父母待会儿出去在小区门口买点早餐吃，中午等女儿和我回来了再做饭。十一点半我治疗完准备回家时，女儿打来了电话说，她爬完山回到家，母亲已经把韭菜腌在坛子里面了，而且还另外切了些韭菜，和好面，炒好了鸡蛋。现在她们奶奶孙子正在包饺子，等我回家了一起吃饭。

一股暖流从心里荡起，热泪顿时盈眶。真没想到，晚上随便说起想吃饺子，母亲却记在了心里，而且还给我做了。

公交车摇摇晃晃地前行着，我想起了小时候母亲上山挖药材，换来的钱为我做衣服；想起了我生病时，母亲给我额头敷热毛巾，做浆水面；想起了结婚后，母亲帮我家割麦子；想起了坐月子时，母亲放下家里的活计跑来细心照顾我，自己却连一个鸡蛋都舍不得吃；想起了母亲为我的孩子缝衣做鞋……热泪从脸颊流了下来。试问？这个世界上，还有谁能被父母亲更疼爱我呢？

同时也觉得很惭愧，本来父母到了这个年纪，我们做儿女的应当陪伴身边，伺候身边。但却为了自己所谓的生活远离父母，让他们还在为我们牵肠挂肚……

洋芋菜里的爱

　　小时候的冬天，菜市场有卖的绿色蔬菜吗？我不知道。反正就算是有，我家也是没钱买的。母亲腌上两大缸自家地里种的老白菜，还有两小罐韭菜，这便是我们一家七口人就着馍馍吃，就着吃饭的菜了。而炒着吃的菜只有窖里储藏的南瓜和洋芋。

　　洋芋是我们宁夏南部山区盛产的农作物，更是我们的家常便饭，所以我们顿顿做饭都离不开洋芋。母亲把洋芋切成小丁炒成臊子下面吃，切成条状做洋芋面吃。它还可以煮着吃，炒菜吃，包成包子吃……

　　记忆中，家里一天吃的是两顿饭。早晨十点多，是一顿蒸馍馍煮洋芋，就着吃点腌的酸白菜，或者是蒸馍馍，炒洋芋菜。下午吃的不是洋芋碎面，就是洋芋炒的臊子长面。我最不喜欢吃的就是早晨蒸馍馍煮洋芋，因为只吃馍馍和煮洋芋，我总是觉得吃不饱，心里空落落的。

　　记得有一次中午放学回家，母亲给我留的是煮洋芋和蒸馍馍。我便生气地撅起了小嘴，跺起了小脚丫，哭丧着脸说："妈，咋不炒洋芋菜，你不知道我不爱吃煮洋芋吗？"母亲微笑着解释，她早晨太忙，没有顾得上给我炒洋芋菜。的确，母亲正在淘我们磨面用的麦子呢。虽然很不爱吃煮洋芋和馍馍，但是看着母亲忙碌我也不再说什么。于是，很不情愿地吃起了馍馍。馍馍放到嘴里越嚼越多，干巴巴的难以下咽，真希望有碗洋芋菜就着吃。母亲看到我吃馍馍时那种难以下咽的表情，还是放下手里的活计，给我炒了碗热腾腾、香喷喷的洋芋菜。我端着那碗洋芋菜吃的真叫一个舒服。我饱了，母亲笑了。在之后的岁月里，母亲只要是给家里人煮洋芋蒸馍馍，定会给我炒碗洋芋菜。

虽说洋芋一直伴着我长大，但是我却百吃不厌。虽说现在生活水平都不错，每顿饭都能炒几个菜，但是洋芋菜仍然是我们饭桌上一道常做的菜。我家的三个小可爱，似乎受了我的影响，或是遗传了我的喜好，对炒洋芋菜也是情有独钟。我把洋芋切成丝，洗三次，将洋芋淀粉洗净。热油，放几粒花椒爆香，用漏勺取出花椒，放入葱姜蒜翻炒，再放入洋芋丝炒，然后放入青红辣椒丝，不一会儿，一盘热乎乎、香喷喷的洋芋丝就炒熟了。看颜色白色的洋芋丝晶莹玉润，再加红绿辣丝的点缀就非常诱人。小可爱们总会闻味而来，先尝尝味道。然后就很夸张地说："妈妈炒的洋芋丝太好吃了，我最爱妈妈炒的洋芋丝啦。"

老公最爱吃洋芋丝拌韭菜和豆芽。把洋芋丝、豆芽、韭菜放开水煮好，冷水过凉。然后放小米椒、蒜、鸡精、味精、盐、香油、白糖、白醋拌匀，一道脆脆的凉菜做好了。再烙上几个烫面饼子，洒上白糖。脆生生的凉菜，软乎乎的烫面饼，吃起来那叫一个爽。一家人坐在一起吃饭，像是聆听一首动听的歌子，真是太享受了。

大姐知道我的喜好，每次去她家做客，她总会给我炒一盘香香的洋芋菜。记得那年四月里我去他们家做客，她做饭时家里没了洋芋。因为当时新洋芋还没有成熟，窖里的老洋芋已经吃完了，大姐就跑去向邻居家借洋芋。她一连借了好几户人家，才借回了一手提袋洋芋来，为我炒着吃。她还会为我做好多我喜欢吃的东西：洋芋揉揉、洋芋包子、粉条炒肉等。大姐对我的爱是那种最疼、最暖的爱，如母亲般的。可惜，大姐却永远地离开了我们，每每想起便是思念，是悲痛，是刻骨铭心的记忆！

　　爱，不需要更多的承诺，也不需要轰轰烈烈。而是体现在生活的各个细节里。或是知道你喜好满足你的人；或是知道天冷让你加件衣服的人；或是知道你生病了把药拿到你跟前的人。就像那一盘洋芋菜，看似非常简单，非常普通，但它里面却包含着深深的爱。

幸福的人

傍晚，拜克拎着大包小包的东西，有西瓜、饼干、甜醅、油圈圈、馓子等回家了。他一开门便亲昵地，打趣地大声喊着："妈咪，老妈，妈妈！"可就是没听见母亲应声。

厨房里做饭的妻子说："都四十多岁的人了还想给老妈撒娇呢，真是的，没个正行！妈在卧室睡觉呢！"

"我给妈买了好吃的，有西瓜、甜醅还有油圈圈呢。"拜克一边往茶几上放东西，一边给妻子说。

"哦！那你去卧室叫醒妈吧，也睡了好大一会儿了。"妻子手里熟练地擀着饺子皮，嘴里给老公叮咛着。

"你做的啥饭？"老公问道。

"妈最爱吃的韭菜馅饺子。"厨房里传出妻子温柔的声音。

拜克轻轻地推开卧室门走了进去，卧室里散发着淡淡的清香，阳台上吊兰和非洲茉莉青翠欲滴，玻璃翠嫩嫩的绿叶丛中开着许多小巧玲珑的桃红色的花儿，像满天的繁星惹人喜爱！电脑桌乌黑发亮，床头柜上整齐地摆放着好几本书，都是平日里妻子爱看的，还放着昨天妻子给母亲买的感冒药。

拜克看见母亲瘦骨嶙峋的身体侧躺着。黝黑粗糙的脸上布满了深深的皱纹，头上戴着白色的盖头，边缘露出了好几根银白色的头发。

母亲还在熟睡着。

拜克的父母在老家住着，他们兄弟四人都在城里谋生。老两口吃的用的东西全都是儿孙们给带回去的。花的钱也是儿孙们给的。这几年政策也好，老两口每月还能领到养老金。就像老两口常说的他们有口福呢，东西没吃完儿孙们又会拿一些回家的。

虽说儿孙们都挺孝顺，但毕竟都离老人远一步不能伺候身边，母亲还得亲自下厨做饭。母亲都七十五了，年纪大了饭都快做不动了。按理来说该到享清福的时候了，应该不管住到哪个儿子家去让他们伺候就行了。可拜克的父亲是个非常要强的人，坚持谁家都不去，说乡里的空气好，邻里之间相互认识串个门聊个天的也不心急。如果到城里来邻居之间的门都互相锁着，楼里谁也不认识心急得很。再说单另住着儿孙们都得给他们吃的用的东西，要是住谁一家，都会给他们添负担和麻烦。他和老伴现在还能动弹迟了迟吃，早了早吃，不麻烦儿孙，等实在不能动弹了再说。所以，老两口一直单另住着。

这不，最近这几天拜克的父亲去吴忠女儿家浪去了，只剩下母亲一人，拜克便把母亲接到家里来住几天。

他看母亲的眼神像看婴儿一样，心里满是欢喜和疼爱！他看着熟睡的母亲还微微地打着呼噜，便不忍心叫醒她。于是，他把母亲的白头发轻轻地用手指向盖头里面划，生怕弄疼母亲，即使他的动作非常地轻，还是把母亲弄醒了。她睁开眼睛惊讶地说："呀，咋睡到天亮了？糊里糊涂地睡了一夜，连衣服都没脱。"

"妈，是天快黑了，你睡昏了！"拜克微笑着给母亲说。

这时，他的内心里已是说不出来的难过。他知道母亲的身体一天不如一天了，走起路来蹒跚了许多，而且不是腰疼就是腿疼，还老是忘这忘那的，有时候连自己穿的衣服都不知道谁买的，晚上上厕所都会走错门。

上次竟然说孙子是不是都过了二十五了，怎么还不娶媳妇呢？其实，孙子连二十都不到。不知是母亲健忘，还是抱重孙心切，反正是忘了孙子的年龄。

拜克把母亲搀扶到沙发上坐下，把刚才买的东西向母亲那里挪了挪，先给母亲剥了个香蕉让她吃，说容易消化。吩咐妻子给母亲和他一人盛了一小碗甜醅。母亲边吃边夸这甜醅味道很好，也很甜！接着，便又责怪儿子买这么多东西吃不完，叫省着点花钱。

一般上了年纪的人，都是从困难和苦难里走过来的，知道生活的不易。所以，他们平时过日子都是比较节俭，也不讲究吃得多好，穿得多体面。只是吃饱穿暖别浪费就行了。拜克的母亲也是如此！她常常把吃不完的饭热了第二顿吃，从来都不会倒掉。她把烧锅炭留下用来"念素儿"烧，或者忙时才用，平日里烧的干树枝或者胡麻柴。

有些地方她却很大方的。她把儿孙们给的钱攒着用来走亲戚或者看望亲戚中有病的人。家里要是来了要乜贴的人她也会给施舍些。剩下的钱就看哪个儿孙需要就毫无保留地给了他们。

俗话说"头顶里叫的好，脚底里就应的好！"她当老人当的非常好，又特别贤惠，所以儿媳们都敬重她的。她当着四个媳妇的婆婆，但是她从来没有说过哪个媳妇的不是。前些年身体硬朗时，闲了给媳妇们带孩子，忙了帮媳妇们做地里活。若是儿子和媳妇吵起架来她总是向着媳妇说儿子的不是。因此也得到了儿媳妇们的尊重与爱戴。她们都像孝敬自己的亲生母亲一样地孝敬婆婆，儿子更像是疼爱孩子一样地疼爱着她！

这时候拜克的儿子也放学回来了。他坐到奶奶的身边高兴地说："买了这么多好吃的呀！奶奶吃了没有？"

奶奶抚摸着孙子的头笑盈盈地说："我吃了些甜醅，还吃了根香蕉。你妈还做饺子呢，待会儿吃饺子！"顺手掰了根香蕉让孙子吃。

厨房里妻子喊着："饭做好了，端饭来！"

拜克起身走进了厨房，帮忙端出了热腾腾香喷喷的韭菜饺子，孙子把奶奶搀扶到饭桌边拉了把凳子让奶奶坐下。拜克给母亲碗里夹了些饺子，旁边放了蘸的汤汁。自己才坐下来喊妻子来吃。

拜克对母亲说："等过段时间我把你和我大拉上走青海浪走。那里景色也好呢，吃住也方便！"

母亲随和地说："算了，不去了。我老了哪里都不想去。再说，去了费钱得很！"

拜克说："趁着你和我大还能走动，把你们拉出去浪浪。如果你们走不动时我想拉你们去，你们也去不了。"

拜克的妻子也边吃边恳切地说："去吧妈，也花不了多少钱，只要有人带你们老两口去，你们就去好好浪浪去，辛苦了一辈子了，也该出去转一转了……"

孙子说："是啊，奶奶，到时候你和我爷一起去！我妈也去，你们都好好浪去！"

灯光，特别柔和地照在餐桌上，也照在他们每个人的脸上。一家人其乐融融地边吃边聊，饺子浓浓的香味飘满屋子，气氛显得是那么的融洽、祥和……拜克看看母亲，又看看儿子和妻子，觉得上有老下有少的日子真好！觉得他真幸福！

橘子又熟了

周末的天格外的蓝，秋日的阳光普照着大地，清风吹着金黄的落叶像一只只美丽的蝴蝶飞舞着。我走在大街上，听到了洪亮地叫卖声："卖橘子喽，卖橘子喽……刚上市的橘子，不甜不要钱。"寻着声音看过去，一位小商贩的推车上放着几筐金灿灿的橘子。有砂糖橘，有贡橘，还有小时候吃的那种蜜橘，这勾起了我对过去日子的回忆。

橘子是南方盛产的水果。因为我是北方人，所以小时候橘子对于我来说是挺稀罕的水果。记得第一次吃橘子，是在一个色彩缤纷的秋天。那天父母赶集回来，手里沉甸甸地抱着一个黑色的布挎包，他从挎包里面倒出一堆黄橙橙地东西，我惊喜又好奇地问："这是什么呀？像小皮球。"母亲微笑着说："是橘子，能吃的东西。"我看着金灿灿的橘子，觉得肯定好吃，于是兴冲冲地拿起一个橘子，像平时吃苹果一样一口咬下去，没想到又涩又苦，急忙把吃进去的全都吐了出来。父亲哈哈大笑，他拿起一个橘子把皮撕开剥掉，里面露出了像小灯笼似的瓤儿，然后把瓤上面像白线似的东西一根一根细心地摘掉，被剥净的橘子是黄里透着亮，嫩得马上能滴出水来。父亲把一瓣橘子塞进了我的嘴里说："这回尝尝好吃吗？"我轻轻地咬开，汁子一下子流到了嘴里，好甜好甜，原来这才是橘子的真正味道呀，真好吃！从那以后橘子就成了我的最爱。

虽是喜欢吃橘子，但却因为小时候家境贫寒，只靠几亩薄地来勉强度日，所以吃橘子的机会几乎是没有，有时候甚至做梦都在想吃橘子。记得有一年夏天，麦子长势良好人们满眼欢喜，觉得今年是个好收成。不料天不等人，那天中午乌云密布雷电交加，核桃大的冰雹滚落下来，屋顶上的瓦片被砸碎了，树叶全被打脱落了，留下了光秃秃的枝条。地里不管是麦子还是玉米或者是洋芋，全部被打平了。村庄里的雨水流成大河现场一片狼藉，人们看着这样的景象都落泪了。哀叹着接下来的日子该怎么过呢？那一年我们家的日子非常难熬，父亲被迫出去打工，家里连吃的粮食都没有。外公从家里用驴驮来了两袋玉米，我们每天吃的是玉米面汤，每顿吃不饱的节省着。母亲有时候带我们出去挖点野菜来充饥，苦苦菜、苜蓿芽便是我们常吃的食物。不过深深的记得那年冬天我病了却吃到了橘子。

那日我发着高烧，嘴又苦又干，心里像是着了火似的。那会儿我非常想吃橘子，想着橘子那清凉而又酸甜的味道，觉得它能把我嘴里的苦涩去掉，能把我心里的火驱散。对母亲说了，母亲不假思索的把坛子里攒下的十来个鸡蛋拿了出来，小心翼翼地装进了一个竹篮里。那是家里的鸡下了好多天才攒的，平日里母亲是根本舍不得吃，是用来换盐、换碱、换生活用品的。而母亲却拿到街上卖了，给我买来了橘子。那橘子吃下去不但甜，而且冰冰凉凉的舒服，我的病好像一下子好了很多。母亲抚摸着我的额头温柔地说："只要我女子想吃，只要我女子病能好，就算是让我卖血我都愿意，几个鸡蛋算什么呢？"

母亲当时的话语直到现在我都清楚地记得，而后来我才明白母亲当时的话语里包含着生活的苦涩与不易。现在每每想起都是感动，是内疚。不知因为当年我吃的那些橘子为家里增添了多少生活的负担。

都说怀孕的妇女嘴馋，我也不例外，怀大女儿时嘴就特别馋。看见街上有卖肉的我想吃；看见商店里有卖的油炸大豆我也想吃；看见橘子我更想吃。想起橘子那种酸酸甜甜的味道就流口水。但是，刚分家的小日子并不好过，分家时公公给我们分了两袋荞麦和三袋麦子。婆婆拿来了一口小锅，十个碗，这便是我们所有的家当了。哦！对了还有两间旧房子，是和公公婆婆住在一个院子里的。那年我们的日子过得非常拮据，就连冬天买炭的钱都没有。偏偏我又怀孕了，看着满街刚上市的橘子我真的特别想吃，但就是没钱去买。回娘家时对母亲说了想吃包子，想吃橘子。

第二天，天空下着毛毛雨，父亲用自行车捎着一袋麦子赶集去了，说是把麦子卖了，买点日常用品。却没想到，父亲回来时只买了我想吃的肉和橘子，他没有舍得给他和母亲买任何物品。母亲赶紧把一袋橘子放到我面前，让我多吃些，还张罗着为我包起了包子。看着那袋橘子，看着母亲忙碌的身影，我的心瞬间变得温暖而又沉重起来，明明知道父母的手头紧，日子也困难，干吗要对她说呢？我自责而感动，泪花溢满了眼眶，那橘子的味道是酸的，更是甜的。回到家里打开包包，发现里面有三十块钱。那是父亲把麦子卖掉，买完橘子和肉之后剩下的钱，母亲却全都偷偷地塞到了我的包里，是为了让我想吃什么时自己去买。我捏着父亲卖掉一家几口人辛苦收成的口粮，换来的滚烫的还带有褶皱的三十元钱，泪水像突如其来的泪雨纷纷滚落下来。

看着这三轮车上的橘子，想着那时候我们的贫穷。而如今，随着社会的发展，人们的日子越来越好了，生活水平也越来越高了，到处都是高楼大厦小车奔驰，就连橘子的品种也越来越多了。时光荏苒，我们已经没有再吃不起橘子的时候，但许多年来，只觉得那时的橘子最为好吃！我多想把时光的指针来一次倒转，把父母给我的爱做一次偿还，让他们也感受亲情的温暖！

温暖的夜

　　天已经黑了，城市的夜晚依然灯火通明，比白天更加绚丽多彩。川流不息的车辆亮着它那刺眼的光芒在公路上来来往往地奔驰着。马路两旁建筑物上的彩灯五颜六色，形成了好多美丽的图案。路上的行人比白天少了很多，有的脚步匆匆，有的行动缓慢，还有几对小情侣拉着手在淡黄的路灯下浪漫地走着，脸上洋溢着幸福的笑容。路边有几辆三轮车，车上面各摆着七八筐水果。有苹果、梨、核桃、橘子、花麻枣子等。买水果的人叫喊着："水果便宜卖了，便宜卖了……"还有人推着车子慢慢移动着叫喊着："烤红薯、烤地瓜……"

　　远处传来了悠扬的音乐和动听的歌声。走近一看，明都广场边上的路灯下，一个破旧纸箱，两个陈旧还落有尘土的音响。一个木制的很低的小板车上坐着个双腿畸形的男子。皮肤黝黑，眼睛大而有神，上身枯瘦如柴，灰色的衣服很是破旧，但还算整齐。他和着音响的音乐大声地歌唱："今宵酒醒何处，已是华灯高楼，不见天边的弯月，只听那喧嚣入流……"唱的是那么的专注、那么的深情。优美动听的歌声里还带着苦涩和忧伤，让人觉得美妙而伤感。

　　大家在聚精会神地听着，被这优美的歌曲陶醉着。有的人给旁边的人悄悄地说："唱得真好听！跟歌星唱的一样好，只是很可惜……"他们的目光里充满着怜悯与同情！马路边的树，一动不动地仿佛也静静听着这婉转而又动听的歌曲。建筑物上的灯闪着彩色的光芒好像在给这位演唱者有意地伴奏，有一种舞台的感觉。有人走过去从口袋里掏出了钱，有一块的，有两块的，还有五块的，都弯下腰放进了演唱者身旁的纸箱里，当然两块钱的多一点。只要有人放钱进纸箱时唱歌的人都停下来，点头说声："谢谢！"我被眼前的情景所感染，毫不犹豫地掏出了一张十块钱，也弯着腰双手放进了纸箱里。他连忙点着头，用饱含感激的眼神看了我许久，并且说："谢谢！"我是为他的歌声点赞，为他示以尊敬与敬佩，为他的自强不息而感动！我想周围围着的人此时此刻也和我的心情是一样的。

社会需要有爱心人士，谢谢大家的爱心，让世界更加美好和谐！一个自强不息的残疾人，用他的歌声感动着人们，用他坚强的意志激励着人们。我禁不住从心底涌出来韦唯的那首《爱的奉献》的歌词来："只要人人都献出一点爱，世界将变成美好的人间……"那些游手好闲的人们啊！看看吧！看看这位残疾人，我们有什么理由不脚踏实地的做事，不老老实实地做人，不快快乐乐的生活呢？

山城，深秋的夜晚是冷的，但今晚似乎是温暖的夜。

一个苹果的故事

那天在小区门口的超市里买东西，一位长相清秀的母亲领着一个四五岁的孩子进来了，她一脸的尴尬给超市的老板说孩子不懂事"拿"了超市里的几颗草莓回家，现在来付钱还给老板道了歉。然后对孩子耐心而又严肃地说："以后要是想吃什么妈妈给你买，不要在超市里乱拿东西。如果不付钱拿回家的东西那叫偷窃，是不对的。这样会让人瞧不起，人家也会笑话妈妈不会教育孩子。"然后这位母亲又给孩子买了点零食回家了。

这让我想起了好多年前的一件事。小时候经常在邻居婶婶家玩耍，他们院子里有几棵梨树，几棵苹果树，还有几棵桃树，每年秋季果子就挂满果树，黄灿灿的梨，红彤彤的苹果很是惹眼。而我们家的院子里只有杏树，杏子是夏季水果，早在夏天就吃完了，秋天家里是没有任何水果吃的。大概是物以稀为贵吧，看着他们家满树的果实，总是眼馋。

记得有一天，我和二姐在他们家玩得很晚才准备回家。从他们家屋子里出来天已经黑的什么都看不见了，窗户里透出的灯光照在苹果树上，苹果红红的非常诱人，口水都要流出来了。我俩商量把苹果"摘"一个拿回家吃，趁着天黑好下手。向四周打量了一下没人，我就猫着腰悄悄地走到树底下，心里像揣着小鹿似的蹦得厉害，生怕别人发现，忙忙地摘下一个苹果，一溜烟地跑回了家里。

二姐刚把菜刀拿起准备把苹果切成两半我俩分着吃时，母亲从外面里进来了。可能是做贼心虚吧，二姐的手抖了起来，菜刀"咣当"一声落在了案板上，神情也显得特别紧张，站在一旁的我也紧张地搓起了手。这一举动被细心的母亲看在了眼里，觉得这苹果肯定是来路不明，逼问苹果到底是怎么来的？从来不会撒谎的我们就颤颤巍巍地告诉了母亲。

母亲非常生气，但并没有打我俩。只是严厉地教育我们说："没经过人家允许拿回家的东西就是偷，这种行为是不对的。虽然我们穷，但是人穷志不能穷，这种事情是万万不能做的。如果小小的年纪偷人家东西，大人不管，长大了一定是个贼。即使是别人家很小的东西也不能随便往家里拿，要改掉这种坏毛病，我不希望你们将来成为一个被别人耻笑的坏孩子，也不能让别人说我们家的孩子有人养无人指教……"

母亲没有让我们吃掉那一个苹果，她知道如果让我们吃掉那个苹果就是纵容。她怕婶子家对我和二姐有看法，而是让小哥摸黑把苹果偷偷放回婶婶家的苹果树底下去。当小哥去时，婶婶家的大门已经关上，并且从里面上了锁。小哥回来说，他把苹果放到婶婶家的大门跟前了。

从那以后我去婶婶家或者别人家再也没有拿过任何东西。即便是婶子家的梨子和苹果在地上落了一层我也都不曾捡过。婶子经常出门也放心地让我在他们家里给她看孩子。叔叔有时候晚上不在家，我也住在他们家里给她作伴。曾经亲耳听到过婶子给别人说："人家老马家的这几个娃娃懂事得很，在我们家里来玩从来没"拿"过任何东西。还经常帮我看孩子做家务呢。"听着她夸奖我们，我的心里是美滋滋的，也暗自感谢母亲的教诲。

从那次苹果事件以后，直到现在我再也没有偷拿任何人的一针一线，因为我谨记母亲的话语，想要的东西必须是用正确的方法来获取。

母亲还教会了我们很多的东西，譬如说：做人要善良，知恩图报；对人要真诚，以心换心；孝顺老人等好多做人的道理。

当我有了孩子当了母亲后，我也用母亲当年教育我的方法来教育他们。

孩子就像是一棵小树，在成长的过程中总会长出很多斜叉，杂枝，那么就要我们大人来给他修剪，把多余的，不好的枝条剪掉，让他将来成为一棵笔直挺拔的参天大树，成为一棵有用的大树。教育孩子父母起着特别大的作用，家长要以身作则，教育与培养出更好更优秀的下一代，有利于孩子将来的生活，也有利于社会和国家的发展！

我相信偷草莓的那个孩子在他母亲的教育下将来一定是个好人。

我对杨梅的念想

杨梅对我们北方人来说是个很稀罕的水果。而对我们北方的农村人来说，现在仍有许多人根本不知道它长什么样。

上小学时，课本上有《我爱故乡的杨梅》这样一篇课文，那时我才知道，这世上还有这么一种水果。

那篇课文把杨梅写得十分诱人。课文里说："和桂圆一样大小，遍身长着刺。杨梅熟透了，颜色是深红色的，或者几乎是黑色的。摘一个放到嘴里，舌尖触到杨梅那平滑的刺，使人感到细腻而柔软。咬开它淡红果肉酸酸甜甜。"瞧，光读课文就能勾起人肚子里的馋虫，让人嘴里直流口水了。从那时起我就对杨梅有了无限的遐想。究竟是怎么样的水果，身上有刺而不扎嘴呢？还有它的颜色和味道实在是让人向往。于是想着什么时候我才能吃到这种水果呢？

恰好课文学了没多久，家里不知来了哪位贵客，拿来了一瓶罐头一斤糖一块茶叶。在那个年代这样的礼品算是最高档的了。当我看到这瓶罐头上面的字是"杨梅罐头"时，我便有些激动，宝贝似的捧着罐头仔细端详。淡红的水汁里，浸泡着圆圆的，红红的，上面带有毛茸茸小刺的杨梅，真是好看也太诱人呀，和课文里写的一模一样！看着它的样子，便想起了书上写的味道，酸酸甜甜的……我按捺不住了，口水从嘴角流了下来。

于是对母亲说："我上过写杨梅的课文，课文里说杨梅真的很好吃。"希望说明之后，母亲能打开那瓶罐头让我尝尝，也觉得母亲会打开那瓶罐头的。但是，出乎我的意料，母亲还是坚决不打开那瓶罐头。说走亲戚家可以当礼品，还可以省五块钱呢。她把那瓶杨梅罐头顺手锁进了柜子里，断了我想吃的念头。

看着那瓶罐头被锁了，可想而知，当时的我心里是多么的失落啊！那可是我梦寐以求的东西呀！

直到有一天，母亲要走亲戚家，准备把那瓶罐头当礼品去拿时，却发现罐头已经坏了。深红的果汁成了墨汁，圆圆的杨梅也成黑色的了，只好扔掉。我很气愤地对着母亲说："瞧，你不给我吃，现在坏了，扔了，就舍得了？"委屈的眼泪顺着脸颊滑落，扭头就走了。觉得母亲的心肠太硬了，也太抠门了，竟然把东西放坏也不舍得给她的孩子吃。怀疑母亲是不是不爱我？

晚上睡觉时，母亲把我拉进了怀里，轻轻抚摸着我的头对我说："妈知道你想吃，谁的妈妈不爱孩子呢？可是如果我们把这瓶罐头吃了，如果需要去亲戚家里的时候，妈妈哪里有钱再买礼品呢……"

母亲的话，瞬间警醒了我，那一刻，我似乎一下子长大，也逐渐明白我生活在一个什么样的家庭，理解了母亲的艰辛与不易。

直到几年前，在水果店遇到杨梅。看见圆圆的，深红的，带有柔软刺儿的它，一下子记起了《我爱故乡的杨梅》那篇课文对我的诱惑，也想到了当年没有吃到那瓶杨梅罐头的遗憾。我再也禁不住杨梅的诱惑了，尽管一斤二十元，我也没有犹豫地买了。我终于吃到了梦寐以求的杨梅，也品到了那种细腻而柔软的感觉，和酸里带着甜的味道。好吃，太好吃了！回娘家时，特意去那店里给父母买了几斤，我知道父母也从来没有吃过杨梅。

侄子媳妇

　　一个人的品德不在于他读了多少书，而是看他的为人处世和一言一行来评判的。大侄子媳妇就是大字不识几个的人。但是，她却是一个非常聪明，非常善良的人。

　　她嫁入我们家已有十多年了。记得刚结婚的第二天，她就把婆婆公公住的屋子里的砖地用拖把拖了三四次，还把污垢重的地方用钢丝球擦得干干净净，直到整个砖地都红彤彤的，像是用红颜色染了似的才停手。把好几个屋子里不用的东西扔掉，能用的东西放得整整齐齐。院子也被她扫得干干净净。大嫂虽是干净之人，家里也收拾的很不错。但比起刚娶来的这位新媳妇来说还是差远了。家里被侄子媳妇里里外外打扫之后，看起来焕然一新，亮堂洁净。侄子媳妇还经常把家里所有人的衣服洗得干干净净。几个屋子里的床单被套，也被她经常换洗得像新的一样。娶到这样的儿媳妇，大哥大嫂自然是高兴的嘴都合不拢。

　　当然她不仅仅只是干净而讨到大哥大嫂老两口的高兴，而是每天三顿饭也做得非常可口，辣子鸡丁、红烧茄子还有清炖羊肉等，她都做得色香味俱全；炒面、烩面、生氽面、洋芋面也都做得非常可口。反正只要是食材，她全都会做，真的觉得她是我们家里茶饭最好的女人。问她原因，她说她曾在饭馆里打过几年工。

她还对大哥大嫂言听计从，特别孝顺，每天端吃端喝的伺候着。记得，那年大嫂做手术住院，她每天换着花样做可口的饭菜，骑着自行车跑上五六里路送饭，大嫂住了半个月院，早晚两次从未间断。记得那天中午下大雨了，嫂子不让她送饭来，她却说，外面的饭不好吃没营养，家里的鸡汤已经炖好了。不一会儿她披着雨衣，冒着大雨骑着自行车送来了热腾腾的鸡汤。她的额前却挂满了晶莹的水珠，把她那张漂亮的脸衬托得更加美丽。她还会给大嫂捏腿、捶背、洗脚、擦身子。病房里的人先前以为她是大嫂的女儿，夸大嫂有个孝顺的女儿。大嫂自豪的介绍是儿媳妇。那些人都有些惊讶，羡慕大嫂有这样儿媳妇，并且对侄子媳妇赞不绝口。还说，现在这样的儿媳妇太少了。大嫂听着别人这样夸儿媳妇，心里暖暖的，脸上更是乐开了花儿。她在儿媳妇的细心照顾下，很快好了起来，而且还养得满面红光。

　　地里的活儿侄子媳妇也会去干的，而且干得特别卖力，更是干得样样好的。胡麻地里的草被她锄得干干净净的，麦子被她割得整整齐齐的……大嫂对儿媳妇也是疼爱有佳，常常会给她买漂亮的衣服，还给许多零花钱。大嫂走亲戚时也很乐意带她在身边。因为侄子媳妇长得特别水灵秀气，是方圆百里难得的美人儿，而且人又好又孝顺，所以大嫂带上她觉得很自豪，也觉得脸上有光；她不仅对自己一家人好，而且还对我们这些亲戚都特别好。老一辈的人去她家里，她都会笑脸相迎，也会泡上热腾腾的茶水，端上可口的饭菜。小孩子们去了，她会和他们一起玩，有零食就和他们一起吃。女孩子的头发常常被她梳得漂漂亮亮。亲戚家谁家有事，她定会去帮忙，帮忙锄地，帮忙挖洋芋，帮忙做家务……

　　虽说侄子媳妇和家里人都相处的特别融洽，但是大侄子因为年轻气盛不成熟，再加之农村人的大男子主义太强，对侄子媳妇不怎么疼爱。常常会为一件小事情大发雷霆，有时候也会拳脚相加。有好多次，侄子媳妇都被他打得鼻青脸肿浑身是伤。大哥大嫂非常气愤儿子的做法，也曾打过好几次儿子。我和老公也曾多次数落过侄子的不是。十五六岁的小姑子也看不惯哥哥的所作所为，劝嫂子赶紧离婚算了，别再挨打了，说以后嫁人绝对不会嫁哥哥那样的人。孩子的想法毕竟是单纯和天真的，更是可爱的。

记得有一次，侄子又把媳妇打了，而且打得浑身是伤，被娘家妈知道了，从家里过来看到女儿遍体鳞伤心疼不已，也非常气恼，决定把女儿带回家去。而侄子媳妇看了看床上睡的儿子和地下跑的女儿，思索再三没跟母亲回娘家去。她对母亲说："妈，我知道你心疼我，也是为我好，但是我不能跟你回去，跟你去了我的娃娃会受罪的……"委屈的泪水从她的脸上流了下来，她祈求母亲回家去，别管她。她母亲见她铁了心不跟自己回去，很气恼的自己回家了。之后她对我说，要是她跟母亲回娘家去，肯定事情就闹大了，肯定就要离婚。她想把大事化小，小事化了。她说她舍不得孩子，更舍不得我们家里的人。觉得家里的每一个人都对她太好了，她找哪样的男人都能找到，但是找这样好的一家人是不好找的。

其实，她何尝不是太懂事了才深得家里所有人的喜欢呢。

她和侄子早晨打完架，下午就会去做家务，做饭。晚上打完架早晨就会做饭收拾家。从来不会觉得自己受了委屈而不做家务，从来不会因为自己心情不好而给别人拉脸子，觉得她脸上的笑容总是那么灿烂。虽然侄子那么对她，她却从来没有过二心，也从来没有想过要离婚，而且对侄子还是特别好。

侄子是个司机，每次回家，侄子媳妇都会端茶送水，还会做平日里她自己舍不得吃的东西给侄子吃。由于侄子媳妇的豁达宽容与懂事，久而久之，她用她的温柔最终俘获了侄子的心。侄子现在对媳妇真是疼爱有佳，对侄子媳妇是言听计从，家里的大权都让侄子媳妇掌上了。一家人会一起去爬山，侄子还会把媳妇带出去旅游，更不会打骂了。在他们两口子的共同努力下，他家在城里也买了宽敞亮堂的楼房，两个孩子学习还都不错。一家人的日子过得红红火火，其乐融融。看着他们现在这样相亲相爱，真是让人高兴和欣慰。

侄子曾对我说，以前他不懂事，亏欠了媳妇很多，他现在要好好弥补媳妇。是的，侄子也在努力做一个好男人、好丈夫呢。我相信，他们的日子还会越来越好，更会越来越恩爱。在很多时候我也会想，要是我将来能娶到这样的儿媳妇该多好呀，那我是多大的福气呢。

琐事

我与文字的缘分

　　以前，文字对我来说是既陌生又熟悉。只知道从小学到初二第一学期退学时自己一直是全年级语文学得最好的学生。当然作文写得也不错，老师经常把我的作文读给全班同学听。在退学结婚以后的这二十多年里，也许是忙于农活，也许是忙于孩子，也许是没有网络，也许是经常处在那些朴实勤劳的农村妇女当中，生活圈子太小的缘故，根本接触不到文字或者说是感觉和体会不到文字的魅力与纯真。只知道相夫教子，孝敬老人，勤勤恳恳的做一个合格的家庭主妇。把以前读书时的一切都抛到了脑后，而且抛得彻彻底底，干干净净。

　　直到有了微信，我在朋友圈里经常看别人转发的心灵鸡汤一类的文章，感觉写得太好了、太美了、太有道理了。每天晚上或者闲时打开手机，什么的美文啦、心灵感悟啦、爱慕生活馆啦……我都去读。慢慢地体会到了原来文字可以把景物写得那么美，写得跟画上画的一样，把生活表达的那么的真，像真正过日子时亲身经历的一样。于是，我便爱上了阅读。

　　今年二月九号，一位初中同学把我拉进了微信同学群，群里多数人都是二十多年没见的同学，也有几年没见的。有的虽能记得起容貌，但已记不起名字；有的能记得起名字但已记不起容貌。当然大多数同学的容貌和名字还是能记得的。大家在群里互相介绍，有人还保存着上学时的照片，凭着照片认人、回忆。于是，以前上学时的趣事、糗事以及同学们的面容都记起来了。在群里聊天真是太好了，大家拉拉家常，适当地开开玩笑。感觉大家都很热情，比上学时亲切了许多。可能是因为上了年纪，大家都挺珍惜这份纯真的友情吧！现居银川的几个同学搞了个聚会。那天晚上群里发了他们的合照，我很高兴和羡慕。也让我看到了多年不见的同学的容貌。曾经稚嫩的脸已经变得成熟了，女生比上学时更加漂亮优雅了，男生更加帅气稳重了。第二天一大早群里一首同学聚会的词出现了，是由康同学写的。听说他现在是语言学教授。

念奴娇·腊八重聚

陇山丘壑，育古城、吐吞茹河风流。
城边河畔三百亩，留我青春岁月。
欢语笑歌，诗书朗朗，尽少年意气。
谈天说地，多少趣事逸闻。
应念风雨廿年，凤城重聚，肝胆皆冰雪。
青梅堪摘胜似酒，长发及腰谁念。
历经江湖，细说春秋，人生又几何？
故园神游，举杯祝愿童鞋。

写得多好啊！仿佛把我带到了古城中学，看到了校门前那片庄稼地里的绿苗随风飘荡。校操场上同学们排着整齐的队伍浩浩荡荡晨跑的情景。教室里琅琅的读书声和下课了的打打闹闹……多么美好的回忆！我被感染了，也被陶醉了。心里不仅赞叹，看我们班同学多有才呀，写得多好呀！更有了很多的安慰，觉得同学们很是了不起。马同学是一个语言活泼的男生，常在群里说说笑笑的。海琴、会成等几位同学都叫他马总、马才子。他在银川一家国企工程部做部长，也爱好文学。听说他的QQ空间里有很多文章，出于对文字的热爱就厚着脸皮向他要了QQ号。真是不看不知道，一看吓一跳。好多的古体诗词、现代诗，还有散文。我从来没有想过也更不知道一个人居然会写这么多文体的东西。他也是一个文学爱好者，在别人眼里这根本不算什么，但对我而言已经够多够好的了。我对文章和古诗还算熟悉，但对现代诗和词就不太了解了。很愚昧地问他写的那是什么？他说是现代诗，歌词就是那样写出来的。听了他的解释，才算有点明白。在他的QQ空间里，有写他小时候在工地打工时艰苦情景的诗歌，有写小时候放羊时挨父亲鞭杆打的散文。比如《沁园春》《满江红》《镜子》等诗词。尤其是他将十二生肖接轮人生百态，用五种意义完全不同的方式表达得淋漓尽致，让我很吃惊。当然还有很多很多的诗文，都是十分的生动感人。我又一次被文字感染了，又一次的陶醉在了文字的海洋里。原来文章可以写得这么美，原来文字能这么的诱人。从那以后我便开始关注有关写文章的微信公众号，比如原乡书院。闲时就去读别人写的文章，慢慢地，便开始留意身边的景物和事，有时也情不自禁地在朋友圈里随手写几行文字。也许是当年作文底子好的原因吧，写几行字对我来说不算难事。基本上能把握住中心思想，也能写出景物的美好。但是从更深更远的意义我是不会写，也是不懂的。

今年五月份的一天，老公带我到山上折蕨菜，回来以后我把在山上的所见所闻写了下来发到了朋友圈。这篇文章算是我写作以来写得最长的文章了，也就八百字左右。后来被舅舅看见了，远在新疆的舅舅给我发微信了。舅舅是个非常敬业的老师，两年前退休到新疆带孙子去了。他用非常高兴的语气对我说："这些天我一直关注你的微信，你的文章写得很好，舅舅感到很高兴也很欣慰。我是一个爱读书的人，由于一直忙于生活和工作没有去写作。你可以坚持一直去写，写得不好处舅舅给你指点。俗话说十年荒个秀才，二十多年过去了你还能写文章真是不易。好好地努力吧，舅舅相信你，也支持你！"我的文章好吗？我能写出更好的文章吗？我在心里这么不断地问自己。既然舅舅这么说了，我也爱好写作，那就试试！反正是爱好，就算闲时打发时间，充实一下自己吧。有了舅舅的鼓励与支持，我好像辨清了方向，坚定了信念，也有了精神支柱。这篇文章也被舅舅给复制去了，并且取名《山行》。他还把里面写得不好的几处做了详细地修改，使这篇文章更加生动具体了。他说一篇文章的立意很重要，立意是一篇文章所确立的文意，它包括全文的思想内涵，作者的构思和写作意图及动机等。文章的思想内涵远比主题广泛得多。我写的每一篇文章他都给我指出好在哪里，不好处怎么修改。也给我教会了"的、地、得"的用法。他说过一个优秀的学生是好多优秀的老师调教出来的，一篇好的文章是反反复复修改出来的。要认真细心地去阅读别人的文章，看它里面的立意是什么，主题是什么，分几个层次去写的，还要注意积累好词好句。并给我讲借景抒情，叙述与议论，写实与联想等写作技巧。舅舅鼓励我让我把文章发出去。可我往哪里发？我怎么发？我的文章能被采用吗？这一系列的问题就随之出现了。看了订阅号里的"原乡书院"能发文章，可我不会。外甥女给我推荐了"六盘山诗文原创天地"栏目，说她同学一直在里面发。于是发文章的任务就交给外甥女了，她帮我发了好几篇文章。我的文章被"六盘山诗文原创天地"栏目采用，文章在订阅号里出来了，主编老师在微信朋友圈里也发出来了，我很意外，也很高兴，把这份喜悦分享给了舅舅。第一时间我给舅舅发去了，舅舅很高兴，并且写了很感人的评语。我把这篇文章发到我的朋友圈里，朋友圈里的亲人、同学、网友都点赞评论！这也让我感到了原来爱好文字的人很多，我要让更多的人读到我的文章，让他们和我一样在文字中找到快乐。于是，接下来我写第二篇，第三篇……每一篇文章我都是认认真真地写，仔仔细细地改，直到没有错别字，自己觉得满意为止。我知道，虽然自己的文章不太深刻，不能跟人家写了多年文章的人比，但最起码我要让语句通顺，没有错别字，有主题。这样我可以对得起我自己，对得起支持我的人，也对得起我的读者。

"六盘山诗文"主编樊老师知道我发文章有困难，就让我把文章发到他的微信里他帮我编发。在"六盘山诗文"成功发表了第十篇文章《第一份工作》时，一个网名叫——"笑着活下去"的人在文章的下面留言了，还留下了他的微信号码。先前在第五篇文章发表成功时他也写过评语。得知他也是个文学爱好者我就加了他的微信，经过聊天知道他姓杨，也是个朴实勤劳的农民，非常爱好文学，写的文章特别好。他的文章朴实，不华丽也不做作，但很感人。我让他给我讲讲怎样写文章，因为舅舅说过一个优秀的学生需要很多优秀的老师来教。他起初说自己也是个初学者，很是谦虚。我说总比我强吧，教我还是能行的，经过我再三地请求他也给我讲了很多方法。他说："注意观察身边的人和事，只要将人和事连到一块，按你要写的目的抓住中心思想去写，做到语言流畅，文意明确，写出来后它就是一篇好的文章。看到别人写的好文章，可以试着把里面的好词好句好段应用到你的文章里来，写着写着你也就会写了。你如果要写桃花，你就要联想到桃花是怎样开放的，把场景在脑子里联想一遍，它的叶，它的枝，以及它是怎样在风中摇曳的。只要你想象的美丽、生动，写出来一定也是美丽的。写文章如此，读文章也是如此。"还讲过什么是叙事部分，什么是抒情部分。多读一些名人的文章……他让我关注了好几个微信公众号。比如"明月岛传媒""东方散文""行参菩提"等。每天都编发好多文学爱好者写的散文、诗歌，还有短篇小说。这样我就有了更多的阅读空间，闲暇时我就去里面阅读。读他们的好词好句，理解他们所表达的内涵。遇上读不懂的就发去让舅舅给我讲解。"笑着活下去"又把我拉进了好几个文学群里，在群里和老师们交流，彼此分享文章。例如，路阳华、苏小桃老师的文章写得特别的好，细腻、深刻、耐人回味。我叫"笑着活下去"为老师，他说他比我小几个月，他不喜欢当老师让我叫他弟。直接称弟我觉得不合适，因为他教过我写文章，所以我就叫他"老师弟"了，他也亲切地叫我"丫头姐"。就这样，在很多人的帮助下我爱上了写作，我觉得阅读丰富了我的生活，使我了解了很多事情；写作充实了我心里的空缺，给我带来了快乐，更让我认识了这么多高素质的文化人。

　　这里我要真诚地谢谢舅舅和各位老师的教导与支持。我是个初学者，我爱好写作，我会一直坚持写下去，正所谓"雄关漫道真如铁，而今迈步从头越！"我相信，我会用文字谱写出我的精彩人生和灿烂的新天地！

结缘抄写

写作从抄写开始。

一年前为了能更好地掌握写作方法，我报了陕西作家沉香红老师的网络学习班。这个班里有二百多名学员，来自全国各地，从事着各种职业，有老师、学生、家庭主妇……都是因为有着共同的爱好才进了这个班。

香红老师是一位非常优秀的美女老师，她课讲得认真仔细，方法独特。她在课堂上现场举例讲解，现场点评作业……同学们都被她精彩的课吸引了，人人都洋溢着很高的热情，大家课堂气氛热烈，回答问题积极。香红老师对同学们讲什么是记叙文，什么是散文，什么是议论文，以及这些文章的写作方法。为了能让我们很好地掌握文章的结构，文章语言的凝练和了解文章的主题与内容，她还要求我们抄写经典散文。

香红老师建议：结构把握不好的抄丁立梅的散文；学习优美词语的抄写雪小禅的散文；学习写作方法抄朱自清和贾平凹的作品。

老师把学员分成了十组，然后分别建群。我被分到了六组，晨光老王是我们的组长。经过聊天知道晨光老王是位带高中数学的美女老师。因为热爱文字，也热爱写作，更想学到专业的写作方法，所以报了学习班。由她担任我们的组长，我是由衷的高兴。在晨光老王的带领下，我们开始每天抄写一篇经典散文。

我选择了丁立梅老师的三本散文集来抄写。一本是叙事散文，一本是抒情散文，还有一本是写景散文。在抄写的过程中，觉得丁立梅老师的文字是活的，她的文字能唱歌，能舞动，还飘着香。也许是我喜欢叙事散文吧，觉得她叙事时，语言凝练，简洁，故事很平凡，但却很动人，读起来如春天般的阳光，温暖、舒心。写景物时，把大自然写得栩栩如生，移步换景，加入她自己的思想感情，让人有种身临其境的感觉。

在抄写班里，我最佩服的人是组长晨光老王。她身为教师，每天为孩子们上课，批改作业，还要做家务。但是在这五个月的抄写过程里，她每天都在坚持，没有落过一次。暑假出去旅游她在抄写，父亲病了她在医院陪护仍然在抄写。每天早晨六点，她便开始统计抄写人员，把考勤表发到群里。然后安特每个抄写了的人，并且发出大拇指来表示点赞和鼓励。如果发现有人没发抄写时，她也会安特一下，用温和的语句让其补上。

有一次，我去了亲戚家没有抄写，还有一位同学那天也没有抄写，组长在群里说："我知道大家很忙，但是希望大家都能坚持住，办法总会比困难多。加油啊！"即使她这么说，我也觉得她十分温和。我的脸顿时火辣辣地烧，扪心自问，我们不是没有办法，只是借口，只是懒惰而已。一天抽出半小时来耐心地抄写，总还是有时间的。从那以后无论多忙我都会抽时间来抄写，无论去哪里，我也会带上书本和笔。她还鼓励大家："大家坚持住啊，我们不是为了得到很高的荣誉而抄写，而是为了遇到比我们更厉害的人。

在这个组里，还有一位十岁的小朋友也让我刮目相看。他是个男孩，名字叫刘宇飞。小朋友也是每天坚持抄写，有时候抄写的是生词，有时候是作文，有时候是课文。他没有在群里说过一句话，只是每晚上发抄写图片。我还看见他在杂志上发表过的文章。他的文章虽然简短，文笔稚嫩，但我觉得，已经非常了不起了。小小年纪，竟然对文字是那么的挚爱，也特别能坚持，想必，他将来一定有大的作为。

依米，是一个在校大学生。不仅人长得漂亮，而且性格也活泼开朗，在群里谈笑风生。六组里她抄写得最认真，也最整齐。她的字很秀气。她每抄一篇文章都要用红笔写出每段的段落大意，最后还要总结出中心思想。可见，她是一个多么细心，多么有耐心的女子。她这么认真，相信她一定在抄写的过程中学到了很多知识，也相信她干什么事情都是非常认真的。还有孕妈妈玉娟，易若冰等学员，她们也都是上着班很忙碌很辛苦，但是每天还是很认真的坚持抄写文章。

抄写不仅给人能带来心灵的宁静，还让我掌握了文章的结构以及写作方法，还积累了很多好词好句，让我一生受用。

我喜欢六组，六组里的每个人对我的影响都特别大。我看到他们每个人都有着坚持不懈的努力和坚韧不拔的毅力。也看到了他们对文字的爱好是如此的执着与热忱。还有晨光老王的领导方式与她做事持之以恒，非常认真的态度让人尊重和佩服。六组的每一个人的优点，都值得我去学习。

我也喜欢香红老师的学习班。首先是香红老师为人敦厚正直，她把浑身的正能量传递给了我们每个学员。她的课讲得认真仔细，让我在这里我学到更专业的写作知识。学习班里我还结交了很多知识渊博，品德高尚的文友。我们经常在群里共同探讨文学，互相指导。私下里，也会发作品互相点评。

我相信在老师的教导下，在同学们的帮助下，在我一直坚持不断地抄写与学习下，我的写作水平一定会更上一层楼的。

油　香

　　油香是我们回族的代表食物。我们会在举行婚礼时炸上金灿灿的油香和宰上牛羊来招待亲朋好友，代表着祝福新人婚姻幸福美满；会在亡故了人的忌日时炸上香甜可口的油香来招待阿訇，代表着对亡故了人的怀念；也会在重大节日时炸油香，譬如开斋节和古尔邦节，它代表着庆祝和吉祥；还会在家里来了尊贵的客人时炸油香，它代表着对客人的重视与尊敬。

　　在我的印象里，油香是分为四种。最上得了台面的当然是炸发面油香。其次就是烫面油香，还有烙油香和蒸油香。

　　从小就在回族家庭里长大的我，对制作油香也是有一手的。油香的制作方式不算简单也不繁琐，但是挺有讲究。我们做油香时，身体都必须是洁净的，也就是洗过大净的，有的地方的回族人甚至会在炸油香时洗小净。

　　油香做的好与坏，代表着女人们茶饭的好与不好。常常会听到几个人在一起聊天说，某某家的油香做的又扁又不好吃，她的茶饭可见一斑。也会听到有人夸奖，某某媳妇的茶饭太好了，做的油香圆得跟十五的月亮一样，酥酥甜甜的非常好吃！

　　以前炸发面油香我们一般会在有重大的事情或者是过非常隆重的节日时才做。那就是开斋节和古尔邦节，还有嫁娶喜事，再就是家里有人亡故了。炸发面油香，首先要先发面。开水烫面，放入白糖、食用油，要是有牛奶放点更好，再放入前一天发好的酵子，揉匀称放在盆子里等待发酵。面必须得发够十二小时或者更长的时间。发好的面里酌情撒上苏打粉和干面，然后揉匀称，再揪成小面团，把小面团使劲揉好，再用擀面杖擀成碗口大的圆形，中间切开两道口子，放在油锅里炸，炸至金黄，觉得油香不是刚放到锅里那么重，即熟了。当然炸油香时一定要掌握好火候，还要把握好生熟。要不然炸出的油香皮焦里生，是不能吃的。火候掌握好时，皮儿看起来是金黄而嫩，里面则是香甜可口。

开斋节和古尔邦节是我们回族人的重大节日，所以我们必须在这两个节日里做油香。即使家里特别贫穷的人也得烙上几个油香。现在的人条件好了，到古尔邦节回族人们为了庆祝这重大的节日，每家每户都宰牲，炸油香，炸馓子请阿訇来诵经。人们也会拿上礼品走亲戚，互相祝福问候。主人会极其热情地端上热腾腾的羊肉，金灿灿的炸油香和馓子招待来客，表示对来客的尊重与重视。

小时候因为家里贫穷不能常吃到炸油香的。炸油香当然是比烙油香费油得多。每年到爷爷忌日时，母亲才会在锅里倒点油，炸上几个油香，宰上一只鸡，做上一锅烩菜，请来阿訇诵经，吃油香。满院子都飘着烩菜的香味，我们吃着香喷喷的烩菜和香甜可口的油香，可真算是那个时候吃到最美味的食物了，直到现在想起还是一个香。但是，现在的年月里却再也吃不出当年的味道了。

烙油香和蒸油香发面和制作面饼的过程和炸油香是一样的。只不过烙油香是锅烧热，锅里抹上油，把擀好的发面饼放在热锅里烙，火候把握好一反一正即熟，皮儿白里透着黄，吃起来软软的甜滋滋的。

烫面油香，把白面直接用开水烫的不软不硬，揉匀称，擀开抹上油，再撒上绿绿的香豆菜末，卷起来切成小面团，再次擀成像碗口大，像纸薄的圆面饼。烙烫面油香锅要烧得很热，然后抹上植物油，放上擀好的面饼，一反一正即熟。烙烫面油香时间不易长，否则油香吃起来口感不好，感觉有点干硬。烙熟一个烫面油香大约就是半分钟的时间。烙出来的烫面油香皮上带点金黄的锅巴，但吃起来软软的，微甜而不腻。很多人吃烫面油香时会卷上自己喜欢吃的蔬菜或者沾点蜂蜜吃，那真叫一个香！

蒸油香也是在前些年生活贫穷时做的。给擀好的碗口大小的发面饼上面抹上油，垒上三五个，放到蒸笼里蒸熟。记得那时候当母亲把面饼放到蒸笼里蒸时，我们姊妹几个就迫不及待了，垂涎三尺，爬到锅头前一直等到油香蒸熟。母亲揭锅盖时，那股香味扑鼻而来真是让人心醉。母亲便分给我们每人一个，我们吃着松软的油香真是享受。毕竟那个时候，吃白面的日子太少太少，何况这是抹了油的白面馍馍呀，能不香吗？再来一个吧，向母亲伸手要。母亲拍了一下我们伸出的手说："等着阿訇和亲戚吃剩下了再吃吧。"无奈只有等了，可能等也是白等，毕竟白面太少，蒸的油香不是太多。

而现在社会发展了，人们的生活水平都提高了，顿顿饭都离不开肉，何况炸几个油香呢？人们不再为炸不起油香而纠结了。会在一些小事时炸油香。如果哪天想吃油香时，也会随时在锅里倒上些油炸上两个吃。要是懒得自己做了，到油货店去买上几个油香吃。这不，孩子们寒假回来了说想吃炸油香，我就不辞辛苦的发了面，准备给孩子们炸些油香吃。

第一份工作

　　女儿要上中学了，老家的教学环境和质量都比较差，我和老公商量把孩子们转到城里去上学。于是，我们在城里买了楼房。进城后，我想边打工边给孩子做饭。可是，老公他就是不让。他是个大男子主义者，认为挣钱养家是男人们的事，女人打工不合适，说他能养活我们一家人。还说让我好好操心孩子，只要孩子能考上大学那就是我的成功。操心孩子，这句话我觉得也对，就这样一直待在家里全身心地为孩子服务。一晃七年，两个女儿都考上大学走了。

　　住楼房不像在老家，邻里之间可以走动，闲了可以坐一块儿聊天，有时候还一起忙农活。住在楼房里，没事干，闲余时间除了看书还是看书，感觉和外界失去了联系，邻居见了面只是一句问候，也互相不串门。觉得自己跟社会脱了节似的，出去和别人都不会交流了。最重要的是心里老是闷得慌，像压了块大石头似的，偶尔大喊几声觉得心里才舒服。

　　有一天去超市买东西，老板娘说小区里有人找人做饭，是给水利公司的三个老总找的，月薪一千五百元，周末还可以休息，问我愿不愿意干。我回家问老公，他开始不同意，最后在我的软磨硬泡之下终于答应了。

　　第一天上班，心里有点不踏实，生怕自己做的饭不合老总们的胃口。记得那天，我做得很仔细，在刀功上和放调料上都很小心。我蒸了米饭，炒了蒜薹肉、家常茄子、凉拌黄瓜。我把饭端上桌，开始收拾灶台，想着等他们吃完了我再吃，和老总坐一块儿吃不合适，自己毕竟是个打工的。可是，他们硬让我一起吃饭。我说："等我收拾完了再吃。"但是，他们三人还是坚持要我坐下来一块儿吃，说吃完了再收拾，还说以后就座一块吃，这里没有上下级，大家像一家人一样不要拘束。我便羞答答地坐了下来，很拘束地吃起了饭。Y老总说我做的饭很好吃。以后就做两菜一汤，能吃完不浪费，我也好做。听他这么说，我心里很感动，也觉得很是亲切。心里的那种不自在少了一半，悬着的心总算放下了。我终于找到了适合自己的第一份工作！

在以后的日子里，他们像家人一样地对待我，从来没有说过我的不是。我也很尊重他们，尽量做好我的工作。我每周都变着花样给他们做，把老家妈妈传给我的手艺尽管使出来。有时候还在网上学着做，比如，蒸馒头用牛奶添水兑酵子和面，蒸出来的馒头是笑呵呵的；煮肉先把煮出血沫子的水全倒掉，煮熟后再爆炒；特别是给煮的肉里放只鸡或鸭，煮出来的汤和肉的味道简直就绝了；擀面条，宽面擀薄，窄面擀厚，再用手抻一抻效果就出来了……他们经常称赞我做的饭好吃。有时候，他们还过来转转、看看、问问，说是取经给老婆传授呢。这几位领导人都很和蔼可亲，对我也很好。

有人给我说过，找个别的活干，做饭抹锅洗灶是个伺候人的活。我只是会意地笑笑说："这些年只会做饭，别的不会干，没办法了。"其实我心里很清楚自己在干什么。世界上有很多的工作都不如我这个工作舒心！社会需要多种多样的人，干各种各样的事，这样社会才和谐。很简单的一个例子，打扫卫生的人，没有他们的付出，哪来我们生活舒适的环境？建筑工人，他们每天风吹日晒，干着苦力，没有他们，我们怎么能住上宽敞明亮的楼房。更何况，我觉得我这工作轻松，每天吃得好，不用晒太阳，还有闲时间做家里的事情，下午还可以睡会儿觉。周末还能回老家看望四位老人。我觉得这工作挺合适我的。

后来，单位开了大灶，我去大灶工作。工资也涨了，虽然比起小灶有点忙，但单位的职工照样认可我的饭做的好，同事们也和我相处得十分融洽。我非常高兴结识了这么多人，还互相有微信。当他们知道我喜欢写作，在"六盘山诗文原创天地"发表了文章的事儿后，对我更是喜欢和敬重。我觉得工作最重要的是干得顺心，心情好了什么都好。

我爱这份工作，我会尽我的所能做好每一顿饭。如果没有大的变化，我还想继续做下去，这毕竟是我找到的第一份工作！我也很是珍惜和单位这些人的情意。

坐飞机

女儿在上海结婚三个多月了，我们都没有去她那里看看。老公和我觉得心里挺过意不去，再说我们也想知道他们在上海到底生活得怎么样？便决定我一个人去上海看他们。去上海我是十分高兴，是平生第一次去。高兴的是可以见到女儿和女婿，并且能和他们待几日。还听说江南风景美如画，想去看看江南那迷人的景色。这对于一个土生土长在北方的我来说南方是充满好奇与向往的。

女儿听说我要去上海就非常高兴，迫不及待的给我买了飞机票。她买的是固原飞往西安，再从西安转机到上海的。听到坐飞机我也很高兴，这也是我平生第一次坐飞机，想感受一下坐飞机的感觉。也想坐在飞机上看看地面是什么样子的，看天上的云到底是什么样子的。想到这里心情有些激动，但是心里也是忐忑不安。我虽说是出过几次远门但都是有人陪同的。这次一个人去那么远的地方，觉得还是有些孤单和担心，担心自己会不会把自己弄丢了。听说机场很大，得走好长时间才能找到登机口。因为还要中转，我可以顺利地取到飞往上海的机票吗？我能不能很顺利地找到转机口呢？但是立刻被自己幼稚的想法搞得心里发笑了。心里坚定地告诉自己："我一定能行，我不会把自己弄丢的，也会顺利找到转机口的，也会很快见到女儿的。"

老公把我送到飞机场，交代到了西安给他发信息，目送我进了检票口。他虽然嘴里没有过多的嘱咐，但看得出来他也特别担心。

我以为固原飞机场好大，飞机会有很多。可出乎意料的是飞机场并不是我想象的那么大，机场里就只有那么一架飞机孤零零地停在那里，我就是要坐这趟飞机去西安。觉得这飞机和此时的我是一样的孤独！固原终究还是个小地方，机场连飞机都是少得可怜。不对，我应当是不孤独的，有老公的相送，有女儿女婿的相迎，飞机上还有这么多的乘客，想到这里也就高兴了起来，也安心了不少！

飞机舱是拱形的，颜色是乳白的。看起来比火车车厢显得豪华、洁净、整齐。走廊的左右两边都有座位，每排三个，座位套的颜色是深紫色的显得典雅华贵。有好多排整齐地排成两列，我也不知道它们究竟有多少排，也不知道它到底能坐多少个人，反正感觉还是好长的。两边的顶部都设有放行李的箱子，它们都是有柜门子的，不像火车只有行李架子。我找到了自己的座位把行李放进了顶部的行李箱里，然后坐在座位上，系好安全带。座位很舒适，比火车座位舒适好多。很荣幸我是坐在左边靠窗子的座位上，这样视线更好，我可以清晰地看到窗子外面的景象！

飞机将要起飞时，一位漂亮的女乘务员和一位帅气的男乘务员微笑着优雅而又整齐地打了一会儿手势，他们提示飞机要起飞了让大家注意各个事项，还有安全问题的。广播里也温馨地提示着："各位旅客请注意，为了您的安全出行请将一切有信号的设备关掉，以免干扰飞机正常飞行……"我也随着提示音关掉了手机。飞机先是缓缓地向前滑行，滑了好长一段距离才到跑道上，之后加速，然后就起飞了。也明显地听到发动机的转速加快了，更明显的感觉飞机在逐步上升，机身前高后底感觉有斜坡爬升。

飞机终于飞起来了！而且是越飞越高了。地面离我们越来越远，高大的楼房犹如灯塔，公路显得跟皮带一样窄，车辆如羊群在地上爬行，人如蚂蚁一样微小，一块块的田地如手帕一样大小。

我终于看到天上的云啦！好多好多，好漂亮，好漂亮！它们在我的脚下并不是那么厚重，而是特别的轻盈、柔软，觉得碰上去立刻要化。它们像大海里溅起的朵朵浪花，又像是棉花田里成熟的朵朵白棉；像是牡丹园里盛开的朵朵白牡丹，又像一群群洁白的羊群；像一匹匹奔驰的骏马，还像一群骏马奔腾过溅起的尘土正在飞扬……它们无比的壮观与美丽！我被这种美景完全吸引了，也陶醉了！目不转睛地一直盯着窗户外面看，想把这种美景尽收眼底，永记心间。

云层越来越厚，这时看不到地面了。云，像是皑皑的雪山，重重叠叠，一座连着一座，一座抱着一座。又像是北冰洋里一望无际的冰川，冰川上还有好多北极熊和成群的企鹅！又像是一片汪洋大海，大海里还有一艘艘白色的轮船……总之非常辽阔与壮观！也给人一种心旷神怡的感觉！

"您好，请问您要喝点什么？"一句甜美的声音打断了我看云的热情，我扭头一看，是两位漂亮的空姐推着一辆饮料车，车上放有可乐、雪碧、橙汁、酸梅汁等很多种饮料，还有温开水。

"哦，请给我杯咖啡吧！"我回答，漂亮的空姐给我倒了杯咖啡。我礼貌地给说了声谢谢。她用她那甜美的声音回复："不客气！"

接下来她们很耐心地问着每一位乘客，给需要的乘客都微笑地服务着。都说选空姐纯粹就是选美呢，看了这飞机上的空姐也证实了人们的说法是完全正确的。

她们一个个五官端正漂亮。皮肤细腻白净，笑容甜美动人，身材苗条，高挑，姿势优雅大方。这难道不是被精心挑选出来的吗？我是个女人，都忍不住多看几眼，毕竟世上美丽的东西是每个人都爱欣赏的！

当空姐还在继续为乘客倒饮料时，飞机有点抖动，像是汽车在公路上遇到不平整的路段一样颠簸。广播里也立即温馨地提示："各位旅客，飞机遇到了大气流的冲击，现在有些颠簸，属于正常情况，请不要惊慌。请乘务人员暂时停止服务，待飞机正常再行服务。"

空姐放下手里的饮料瓶，站在座位中间的走廊里，手扶着座椅的后背安静地，微笑等待着。我看了看杯子里不太满的咖啡也轻微地晃动着，但它最终还是没有溢出杯子来。听着广播里的温馨提示，看着空姐淡定的表情我也是丝毫没有害怕。过了约十分钟吧，飞机停止了颠簸。空姐们也继续为乘客们开始服务。不坐飞机不知道，坐了飞机才体会到它其实还是挺稳，挺安全的。

天色渐渐暗了下来，一个小时的行程即将结束，广播里温馨提示着飞机马上要着陆了，我明显的感觉飞机在向右倾斜着转弯，还能感觉得到飞机在逐步地降低高度，经过几次边飞边降低高度和陆续减速之后飞机终于缓缓地，平稳地，降落到西安机场了。

下了飞机，刚坐到送出机场的大巴车上，女儿的电话来了，还没等接完，老公的电话也来了。他们都是问我到了西安没？看来他们也是在掐算时间呢！并且都嘱咐我，注意安全，找不到飞往上海的登机口时就问机场的服务人员。听了他们的嘱咐，看着机场里的提示牌，问了机场的服务人员，我非常顺利的取到了飞往上海的机票，并且也找到了转机口。我把顺利转机的消息发到属于我们一家人的微信群里，大家都为我竖起了大拇指，我也为自己感到骄傲。

接下来我没有什么顾虑了，因为女儿女婿会到上海浦东机场接我的。我只有耐心地等待一个半小时后坐上飞往上海的飞机，也就很快能见到女儿了，还可以目睹江南那美丽迷人的风景了！

休戚与共

夕阳把她最后的那抹红收起来了，气温开始变得冷飕飕的，天色也渐渐地暗了下来。

此时被太阳晒得有点灼热的脸似乎还没有凉下来，腰疼胳膊也疼，可心里却满满的爽快！终于帮父母把地里的玉米全部掰完了，并且也都拉回家了，一直牵挂着的心也仿佛落了地。因为我只有到了周末才能给爸妈帮忙干活，其余的日子里都是他们老两口在地里辛苦地劳作。所以，想着他们忙碌的情景，我也是经常替他们操着心。

累得筋疲力尽的父亲坐在房台子上，看着院子里那一堆黄澄澄金灿灿的玉米，意味深长地说："今年咱们家的玉米成了，每个玉米棒子都有一尺长，整齐得很。是咱们队里数一数二的玉米！咱们队里今年总共就十几户人家的玉米放了水才长得好，其余上百户人家的玉米放不了水，没结棒子；就是结的棒子也不到一拃长，上面稀稀儿的几颗玉米，就像个老豁牙子。掰了吧小的可怜，不掰吧好像上面有籽呢……咱们队里这几户玉米好的人家得感谢人家王军和党孝红呢！是他们俩把自家机井里的水给老百姓浇地了，而且一分钱也没有收。只是机井里的水流量少，浇地也浇得慢，没能给全村人都及时浇上，水浇得迟的地里和没浇水是一样的，还是没结下棒子，迟了不顶用了。"

村里的人以大面积种植玉米为主，因为大旱，所以大部分人的玉米几乎绝产了。

父亲的玉米丰收了但他却没能高兴得起来，因为对于父亲来说，乡亲们的玉米全部都丰收了才算是真正的大丰收，那样的话他才能开心得起来，高兴得起来。同为一个村子里的人，看着乡亲们的玉米没结棒子父亲的心里也不是滋味，他在为大伙没有收成而叹息，为他们接下来的生活而担忧！

我在给父母掰玉米的这几天里，也的确看到了没浇上水的田地里的玉米长的还没一人高，有的上面没结棒子，有的结了却很小，像小老鼠一样。勤快一点的村民背着挎包在玉米地里找着掰，说不掰可惜了让老鼠就吃完了，掰回家还可以给牛羊粉点饲料呢。懒一点的人或者没牛羊的人嫌玉米棒太小掰起来麻烦就直接把玉米秆刮倒拉回家了。有的村民在前段时间看到玉米没结棒子就趁着绿砍了交到养牛场了。

我们在地里掰玉米时，有位村里的叔叔来父亲的地里来看，他蹲在被掰下来并且剥净的玉米堆跟前，拿着一个玉米棒子爱不释手地说："你们的玉米棒子好得很，每个玉米粒都饱得很，拿在手上也重腾腾（沉甸甸）的，我们的玉米就根本没结下棒子，即使有也就像核桃那么大还不如不掰了。看着你们的玉米这么好真的把人爱死了！"他说话的语气沉重，话语里为自家的玉米没结棒子而叹息，表情也流露着失落和忧愁。这大玉米棒子和那像老鼠一样的小玉米棒子相比真让人心里不是滋味！

民以食为天。庄稼人辛辛苦苦一年就盼望着能有个好收成，而大部分人的玉米基本都是颗粒未收，只要是种过地的人看了都会揪心的。他们知道庄稼人一年的辛劳白费了，也知道没有收成这对农人来说意味着经济会进入紧张状态，下一年的生活也会窘迫。

吃水不忘挖井人。父亲把这十几家人玉米的丰收全都归功到村里有井的两个人，对于自己的辛劳全然不记，这就是农民的善良与纯朴，就是有一颗感恩的心。父亲说把洋芋挖了给他们每家一袋。十几户人家的玉米丰收也的确多亏了这两位村民的慷慨给水！

今年，前几个月风调雨顺，庄稼长势非常喜人，到五月时玉米已经长成半人高，茎秆也是特别茁壮，宽宽的叶子像泼了油一样墨绿发亮。然而，到了六月正当玉米拔节抽穗结棒时天却大旱，太阳火辣辣地照着大地，晒得树皮都叭叭作响，大地似乎也被烧着了似的隐约冒着蓝烟。玉米的叶子都被晒得成天卷曲着，颜色也成黄的了，再也没有当初那样有生机了。村里人看着将要枯死的玉米，焦急的每天都观察着天气情况，并且晚上都看天气预报，盼望着能有一场大雨的降临来缓解这场大旱。然而他们每天都是失望的，他们的心里也被晒着了火，嘴唇都干裂了。

正当这时，村民王军把自己家的机井钥匙交给了父亲，让父亲管理机井，让想要浇地的村民都能浇上水，并且说不要水费，免费让村民浇水。那么父亲就在第一时间买了水管，把自家靠机井近的地先浇了水，远的地就没浇，让离机井近的村民先浇水。党孝红也把自家机井里的钥匙交给村民杨万青管理，并且交代让愿意浇水的人都把水浇上，能救几户庄稼就救几户庄稼，并且也是分毫不取的。

王军四十来岁，在我们古城镇以收购粮食做生意为生。他为人和善，厚道，信誉度高，人缘在古城一带那是特别的好。所以他生意一向都挺好，在我们村也是个富有的人。他们家做生意是顾不得种地的，他的地都是他哥哥种。按理来说他不种田，也不会关心村里人的生活。但是他是农民的儿子，从小生活在这片土地，这片土地养育了他，他对这里的人民和这片土地都有着深厚的感情，他能深深体会到农民的不易，也知道庄稼是农人的命，是乡亲们的命，于是他把钥匙交到了父亲的手里，希望他机井里的水能给村民浇多少田就浇多少田。

党孝红快四十岁的人了，从小就失去了父亲，是母亲在那个贫穷的年代含辛茹苦地把他们姊妹四个拉扯大的。他在家里排行老三，从小就懂事，知道母亲拉扯他们所受的艰辛，所以就发奋学习，成绩一直很好，最后当了老师。当时，在我们村吃铁饭碗的人真是太少太少，而他却以优异的成绩考上了教师，这对于她的母亲来说是极大的安慰。

村里人对他当上教师既赞许又羡慕，也很高兴。村里能出这么个人才也是全村人的荣耀。他当老师的时候非常敬业，得到了学生和家长的一致好评。由于他工作敬业，品行端正，经过这些年的调动、升职，现就职于固原市政府。身为父母官，他当然不会不管老百姓的死活！大旱了，他也毫不犹豫地把自己机井里的水让村民们浇地。

村里离机井近的地，在父亲和杨万青的管理下，不分白天昼夜紧张而又有秩序的没有发生任何冲突和矛盾的全都浇上了水。遗憾的是由于旱情严重，大部分的村民没有在适宜的时候给地里浇上水而导致玉米没结棒子。虽然，最后也下雨了，但已经无济于事。而起到作用的地里也就那么十几户。这十几户人家的玉米是特别的好，好像比往年都要好。它们好像是为了报答给它们及时浇水的人而使劲生长的。

虽然大部分人的玉米绝产了，但是在这场大旱里体现出了我们任河村人，不图功利，慷慨解囊，为人民服务的崇高精神。也彰显了人性的真善美！

同村人

　　许久都没有回娘家了，想回家看看父母。周六下午终于挤了点时间，我拎着大包小包坐上了去母亲家的客车。下车的公路边离母亲家还有近一里的路程，这段路自然是要走的。我也喜欢走这段路，因为我能看到路两边绿油油的庄稼地，也能闻到熟悉的泥土味儿和青草的清香味儿。

　　快进村庄了，遇到一位同村的汉族老奶奶迎面而来，她快走到我跟前时说："这位媳妇子是来咱们队的？"我微笑着说，"是啊，干奶奶。你要走哪里去呢？"

　　干奶奶，是我们回族孩子对汉族老奶奶的称呼，是父母从小让我们这么叫的，也表示我们对她们的尊重。

　　干奶奶显然一震说："你是谁家的闺女呢？看着面熟，怎么记不起来了。"

　　"我是马家的小女儿。"我笑着回答，我们也就这样拉开了话匣子。干奶奶说，自家的玉米棒子老了不能煮着吃了，她是要看谁家地里种的青储里有嫩玉米棒子，掰几个回家煮着吃。

　　是啊，村里人都是慷慨于大方的，不管谁家地里的玉米，只要你是煮着吃，他们会毫不吝啬地给你。即使你不给他们打招呼随便掰几个，他们也是不会介意的。蔬菜瓜果之类的邻里之间也会相互送些吃的。

母亲家住前队，因为干奶奶家住邻队，我每次回娘家，也不会住很长时间，所以和干奶奶十多年都没碰面了。见面了话题就多了起来。她询问我家住哪里，几个孩子，以及孩子们现在的状况和老公是干什么的，我都一一作答。她还说，她还记得我们家姊妹几个小时候的模样，一个比一个乖巧可爱，都是大花眼睛……

我也问起了干奶奶的生活状况。干奶奶说，她现在和小儿子一起住，孩子们挺孝顺，生活状况挺好，这样我也特别欣慰。当我问起干爷爷还好吗时，她叹息说："去世六年了，是胃癌去世的。"看着干奶奶满头白发和满脸的皱纹，我的心里有了一种说不清的感觉。是可怜干奶奶的孤独呢，还是可惜干爷爷的去世呢？或许两者都有吧，反正觉得心里是酸酸的。不由得记起了去世的干爷爷当年和蔼可亲的面容和精干利索的身影。

记起了，当年他们家不知哪里来的麦种子，种的麦子大丰收。村里不少人都到他们家去换麦种子，干爷爷提着称，给他们一一都称着换上。我和父亲也拿着袋子去了他家，从他家的场里装来了两大袋麦种子。父亲对干爷爷说，来年麦子收了还他们，干爷爷不假思索的欣然答应了。干爷爷家碾的一场金灿灿，饱鼓鼓的麦子，被村里人换得只给自己家留下了来年种的麦种子。第二年，在干爷爷家换来麦种子的人家的麦子都大丰收了。我们家六亩麦子竟然打了五千多斤，可把一家人都乐坏了。干爷爷虽然去世了，但是当年他为村里人换麦子时的那种干练的姿势和和蔼可亲的笑容我依然清晰地记得。

我邀请干奶奶去母亲家坐会儿去，她却说不去了。我们家有块地和干奶奶家离得挺近的，前不久母亲在地里干活时，她们见面坐一起聊天了。

她的话又勾起了我的回忆。小时候，去那块地里时，会经过干奶奶的门前，见了面我们自然会跟干奶奶和干爷爷打招呼。要是被地里的活儿干累了，会坐在干奶奶门前的大树底下乘凉。干奶奶也会倒些开水让我们喝，说水是干净的。地里干活时，遇到雷阵雨也会到干奶奶的家里避雨去。

记得有一次，我和母亲去地里拔胡麻，大雨来得太突然，当我们把胡麻秆码起来时，衣服全部被雨淋湿了。去干奶奶家避雨，干奶奶把她和她家闺女的衣服让我和母亲换上，让我和母亲上炕坐着暖暖。母亲和她拉起了家常，而我却躺在暖和的炕上熟睡了。醒来时，天空已经放晴，路面已经不再那么泥泞了。我们母女抱着自己的湿衣服，穿着她们的干衣服回家了。

我们村是回汉杂居。回汉人民亲如一家，从来没有因为民族问题闹过分歧。我们互相串门聊天，互相借用彼此的农具，以及一些日常用品。母亲家和另外去世的一位干奶奶是邻居，我们那个时候，会去他们家里和他家丫头玩耍。也会去借盐、碱、醋和洗衣粉之类的东西，他们从来都不会吝啬。赶集时买回来，会给他们还上的。过年时，他们会给我们家送些糖果和葵花籽之类的东西。我们开斋时，会给他们送上麻花、馓子等食物。

每次去母亲家，路过他家门口时，都会记起邻居干奶奶的，也挺怀念我们在一起的快乐日子。

和这位干奶奶作别时，干奶奶拍拍我的肩膀亲切而又叹息地说："好多年都没见这闺女了，今天见到了真好。还是那么乖巧懂事，和你母亲一样既漂亮又亲热。现在我是老了，咱们是见一面少一面了，不知我以后还能不能再见到你。"并且她还邀请我说："以后要是有机会，到我们家浪来，闺女。"

我忙忙说："好的干奶奶，有机会我一定会去你们家的。"

夕阳，把她的影子拉得好长，也给她的身上镀上了金色。夕阳下七十多岁的干奶奶，依然是美丽的。她佝偻着腰向后面的玉米地里走去。

　　而我，望望前面的这座村庄，并大步向村子里走去，觉得一切都是那么的亲切，因为这里住着我亲爱的父老乡亲。

与火仲舫老师的见面

周六下午，文友单小花来电话说她到固原聚德全婚庆公司来采访了。说火仲舫老师的书出来了，火老师会给她送到聚德全去，问我要不要书？我想都没想地就直接说："要。"她让我去婚庆公司自己拿。

从事写作时间并不长的我，对火老师的了解并不多，只是前段时间从小花这里知道了点。小花说，火老师是文学前辈，是中国作协会员，是有名的作家，还推荐我加了火老师的微信，我不便打扰，所以没有互动过。同为文学爱好者，听说能见到文学界这么个名人，还能得到他的亲笔签名的书籍，我真是兴奋不已，非常乐意去见他。

春日的天格外的蓝，微风轻轻地吹着，树上的花蕾饱满，如同一个个紫红色的小铃铛挂满枝头。看来枝头将要上演一场花的盛会了，真是十分期待！我怀着激动而又紧张的心情打车去聚德全婚庆公司找单小花。

小花已经等在婚庆公司的门口了。看到小花，我们彼此兴奋不已，并且相拥问好。之后她把我带进了婚庆公司北边二楼的一个很大的办公室里。这是婚庆公司黄董事长的办公室，整个办公室干净整洁，中式风格的装修。紫红色的门，紫红色的地板，紫红色的办公桌，还有紫红色的红木镶嵌着黑皮制作的沙发。沙发的后面是一个五米长的紫红色书柜，书柜上整齐的摆放着许多书。沙发对面的墙壁上挂着一张很大的，伟大领袖毛主席的照片。整个房间给人一种宽敞舒适大气而不华丽的感觉，也具有浓浓的书香气息！

黄总非常热情，对于我的到来她表示十分的高兴。她让我和小花上坐，并给我们沏来了红茶。茶的热气袅袅升起，满屋子的清香，是我喜欢喝的味道。小花说，她给火老师打过电话了，马上就来。

我们和黄总聊天不到一刻钟，火老师来了。初次见到火老师，他高个，清瘦，但却精气十足，约有七十岁吧。我压制不住心中的紧张，不知如何问候他时，火老师面带微笑主动和我握手问好，这让我紧张的心放松了不少。先前我认为人家是著名作家，怕是对我们这些无名小卒会不屑一顾，见了面也不会怎么热情。但是，事实和我的想法完全相反，原来他是位非常谦卑和蔼的人。他身边还有一位年轻的男士，手里提着两袋书籍，火老师介绍是他的学生，看来这两袋书是给我和小花带的。

我们相互介绍认识之后，火老师便开始忙着给我们的在书上签名了。他给小花签名的时候，我仔细看了看火老师给我带来的所有书籍的封面。一共有八本书，一本长篇小说《大河东流》；一本散文集《奔放的旅程》；一本诗歌集《诗意人生》；一本纪实文学《超越梦想》；一本历史精粹集《红星照耀将台堡》，还有两个剧本《黄土情》上下集和一本影视小说《刘毅传奇》。看了这些书的封面使我十分惊讶，触动也很大。觉得太不可思议了，一个人居然能写出这么多种类的作品，这可是第一次才知道。可见他真是博学多才呀，真是让人佩服，也真不愧是文学界的名人呀！我在心里暗自问道："这么多种类的书得费多少心血，得花多少时间才能写成呢？"思绪还在脑海里飘荡，好像这些书籍能把我带进火老师的写作旅程。忽然听到温和的话语："现在我给你签名吧！"

看着火老师如飞的笔尖，在给我的第一本书上写下漂亮的"书中自有黄金屋，书中也有颜如玉，愿此作能为读者，带来快乐与福祉！"的时候，我是无比的高兴。我知道这是火老师对我的期待与祝福，也是对我的鼓励与支持，更是对我们这些来自泥土的人的看重。他还耐心地给我的书上，都写下了鼓励的语句。看着这些书全部被签上了潇洒漂亮的"火仲舫"的大名时，我觉得十分的荣幸与幸运，幸运我在文学的道路上遇到了很多很多文友和朋友的帮助与支持！

签完名火老师和我们聊了一会儿天。他问了我现在的生活状况，以及写作情况。我都一一作答。他鼓励我说："看你的朋友圈，文章发得特别勤快，既带孩子又做家务，还要打工，能坚持写作，真的很不错，很棒了！"

听着火老师这么说，我倍感欣慰，并且又一次感到特别惊讶，嘴里冒出一句话："啊，原来火老师一直在偷偷地关注着我呀？"火老师哈哈大笑，笑得是那么的爽朗。他幽默地说："不是偷偷地关注，而是明目张胆的关注呢！你的确进步很大，要坚持好好写作呀！"

他还郑重地对我和小花说："想要走文学这条路，第一，必须得喜欢；第二，要多读书，书会给你们带来很多知识，教你们写出更好的文章；第三，要勤于动笔，动笔才能写出更多的作品，才能开拓你们的思维；第四，一定要写出好作品，写出有正能量的作品……"

我们还谈及火老师的一些事情。知道了他和我一样都只有初中二年级的文化程度。他当过煤矿工人，后来当了教师，还当过记者、文工团团长、广播电视局局长、固原市文联主席。他三十五岁才开始创作，现年七十一岁，还是每天坚持看书，坚持写作，他还有些书籍正在编辑出版阶段。

听了老师的这些，我真的是十分的敬佩，也非常仰慕他。这是火老师坚持不懈的努力和热爱文学，坚持创作得到的硕果。

时间过得真快，我们在不知不觉中度过了近两个小时，我们聊得特别轻松愉快，我们还和火老师合影留念。夕阳即将落下，我们都得离开了，火老师让我们上了他的车。虽不是顺路，但他把我们都送回了家。

火老师回家了，他的话语在我的脑海里，如春日的阳光温暖着我。与他的这次见面让我收获颇多！更让我明白了，写作是要走很长很长的路，这条路必须得坚持，得走好，走稳。我还在他的身上看到了一种精神，一种坚韧不拔，一种持之以恒的精神！他的这种精神将激励着我前行！

春节的假期

　　春节是我们中华民族传统的节日。春节的七天假将在忙碌而又快乐中匆匆地离去！今年这里的年味看起来比往年更加的浓郁，原因是固原每条街道的两边路灯上都挂起了一串串火红的灯笼。这灯笼一串六个，都镶着金边，吊着黄穗，在轻风的吹拂下，宛若一个个美丽的红衣姑娘，排着长长的队，扭动着她们那纤细的腰柔柔地轻舞飞扬，妩媚动人。远看，像一串串鲜红的冰糖葫芦插满山城的每条街道。更引人注目的是西湖公园那边街道的树枝上挂满了火红的灯笼。棵棵都有，满树皆是。像一树树盛开的红牡丹，优雅富贵；像一树树红红的苹果，惹人喜爱；像一树树红玫瑰，表达着对山城人的爱意；像冬日里一树树红太阳温暖着整座山城……我喜欢看美景，这无疑是冬日里最美的景色。也是节日里最艳丽的风景。每次上街时，我总会情不自禁地看看这高挂的火红灯笼和它装扮映衬的靓丽风景。憧憬着将来的日子像这满大街的灯笼红红火火！

　　自从进了腊月鞭炮声就依稀可听，不是这里噼里啪啦，就是那里噼里啪啦，也时常能看见夜空中盛开的绚丽多彩的烟花。腊月十五一过，大街小巷的人头攒动，手里提着大包小包的年货。马路上的汽车每天都排着长长的队，汽车的嘀嘀声不断。交通显得特别地拥挤。到了腊月二十三鞭炮声到处都有，天天都是，夜夜都能看见空中盛开的烟花。每个小区门口都张贴着长长的对联，高挂着的大红灯笼，大小门市部门前都摆放着各种各样的礼盒，各种各样的水果……这种种的景象彰显着浓浓的年味！

我们家兄弟、妯娌、姐妹之间都非常亲近，像一家人一样的和睦。每年春节放假，家人们总要在一起聚聚聊聊天，热闹热闹，增进一下亲人之间的感情，好多年都是这样的。

这不，当我还没放假时，也就是腊月二十九，大嫂家买了只羊全煮了，煮了好几大盘，还炒了几个菜，做了好大一桌菜，叫上她分家出去的三个儿子和媳妇孙子们，叫上我们一家人和老四一家人到她家去吃饭。老公带着我们的三个宝贝去了，大嫂给我打电话要我抽空去，可惜我还是没顾上去。而这美味我只能在朋友圈的视频里看到了。女儿和老公那天回来的很晚，说大伙在一起打扑克，抢红包呢。年三十的早晨，屋子还没来得及收拾，三侄子的电话就来了，让我们一家人中午到他们家去吃饭。我们去时，饭菜的香味扑鼻而来，满屋子的人，大嫂家的四个儿子和媳妇孙子们都在，二嫂家丫头也在。小孩跑来跑去的在满地上追逐着玩，媳妇子们忙着在厨房里做饭，厨房小，几个人在里面都有点转不开身了。三侄子在客厅里忙着招待人。他沏了龙井茶。还摆放了果碟，有橘子、苹果、开心果、巴达木……其余的人坐在沙发上品着茶，嗑瓜子，聊着天。真是少有的悠闲啊！大哥抱着四个月大的孙子逗着玩，大嫂给两岁多的孙女剥橘子吃，小丫头嚼得橘子水顺着嘴角流。不大一会儿，老四领着小侄儿子也来了。香喷喷的十三个菜，全都端上了桌。凉拌牛肉，凉拌金针菇、辣子炒肉、香菇油菜、洋葱木耳、手撕土鸡……真是色香味俱全！光看着这美味口水都要流出来了，更别说吃了。大家都围坐在一起，吃着香喷喷的饭菜，拉着家常，每个人的脸上都洋溢着幸福、悠闲、自然的笑容，人人心里都美滋滋的，家的味道，其乐融融！

　　我们一直聊天到做晚饭的时间。晚饭我说到我家吃，三侄子要吃火锅，大侄媳妇和我女儿说吃饺子。后来最终决定晚上大家在我家包饺子。我们有人和面，有人剁馅，不大一会儿弄好了。到了包饺子时，会做的人都参与到包饺子的行列里来了。七八个人包，三个人专门擀面皮，连包饺子都是这么的热闹，大家说说笑笑地进行着。差不多一小时左右，饺子在大家的齐心协力下，欢声笑语中很快包好了，并且里面还包了一个硬币。说谁吃到硬币就证明来年有好运气。不过吃到硬币的人得在微信群里给大家发红包让大家抢，以此来表示感谢！饺子下了两锅，六大盘，大家争先恐后地抢着吃，都希望能吃到硬币，连小孩子也嚷嚷着："怎么还没吃出来钱呢？"吃着吃着大侄子笑着说了一声："哟！我吃到硬币了！硌的人牙疼，差点咽下去了。"大家诧异的眼神不约而同地向大侄子看去，却没看到大侄子的硬币。大家要大侄子把硬币拿出来看看，大侄子却"哈哈"大笑，原来他是在骗大家，他并没有吃到硬币。饺子一会儿被吃了个底朝天，就是没有见到硬币。又下了六大盘饺子，大家还是抢着吃。大嫂嘴里吐出来了硬币，她乐呵呵地说："我吃出来了，我吃出来了！"大家用疑惑的眼神看过去，结果还真的看到硬币了。这使吃饺子的人都失望了，失望自己没吃到硬币。接下来都矛头对向大嫂，都嚷嚷着让大嫂发红包，大嫂在众目睽睽之下，发了一百元的红包。虽然出了一百元但是看得出她心里真是美滋滋的呢！真希望大嫂在新的一年里有好运气。每年盛大而又欢乐的家庭聚会将伴着一年一度的春晚那首《难忘今宵》的歌声中愉快地结束！是啊！难忘今宵，难忘今宵！

　　初一当我起床准备回娘家时，二嫂打电话让我们把孩子们领到他们家去吃饭，她做了一大锅的抓饭。父亲和母亲前一天就打来电话说放假了让我把孩子们领回去浪浪，说家里煨了三个炕，都煨了两天了，希望我们快点回家。自从父母打了电话以后我的心早都飞到父母身边了，只是一下子回不去。我放假了，大女儿从上海赶回家了，二女儿从学校回家也没顾上去看外公外婆。所以，父亲母亲希望我们都回家和他们坐坐，也想看看他们的外孙们。老公理解父母的心情，也知道我回娘家心切，他没有阻拦，并且打电话叫上外甥女领上小外孙，拉着我和孩子们买上蔬菜和水果，到二嫂家吃了香喷喷的抓饭之后，直接去父母家。

天很冷，父亲没在家。母亲说："你大走古城买炉筒子去了，给上面那个房里把炉子架上，怕晚上把这几个娃娃都冻感冒了。炕热得很，但是房里冷着呢！"不大一会儿，摩托车的响声进了院子，我透过窗户看见父亲戴着暖帽，身穿黄大衣，骑着摩托车进了院子，摩托车后面捎着几节明晃晃的炉筒子。我出门给父亲说了"色俩目！"帮父亲取下炉筒时，感觉父亲身上散着冷冰冰的寒气，那股寒气也很快侵入我的身体，使得我一下子觉得自己的身体也凉飕飕的。我不禁感叹，我的老父亲！这么冷的天，你又是何必呢？我们只能在家里待一两天。你不怕自己受冻感冒却担心我们冻着，真是可怜天下父母心。我的心里是一阵阵的酸楚，又是特别的感动！

人上了年纪都是怕孤独的，也是爱热闹的。爸爸妈妈也是如此！每当家里来人时，或者听说儿女们回家时，总是乐呵呵地迎接，热情地款待。总是希望我回家多待几天，也舍不得让我多干活。每次回家，他们都把我们当亲戚一样地对待！我知道父母是特别疼爱我的。可是，我怎么能忍心坐着让老母亲伺候我们呢？尽管母亲这么说，可每次回娘家我还是第一时间帮母亲做饭，干家务活。

孩子和老公上了炕，炕上放了炕桌，哥哥热情地倒上茶，放上水果、干果之类的让孩子们吃。当我们还没坐稳时，母亲就张罗着给我们做饭吃，她在我们没来之前就把菜都洗好了，面也和好了，我和外甥女做臊子面。我们都美美地吃了一顿。这两天一直吃肉，吃菜，没怎么吃面。所以，面端来大家都是非常喜欢的，并且都吃了一大碗。啊，长长的臊子面，长长的母女情！

下午，大哥一家知道我们回来了，他们也从居民点到妈妈家了。家里又多了好多人，更热闹了。妈妈把提前用水煮好的萝卜丝拿来说晚上包饺子吃。父亲也是个爱热闹的人，更是个好客的人。他打电话请来了二叔和一位堂叔。家住银川的另一位堂叔一家人也回老家了，被父亲打电话都请来了。男人们坐在上房的炕上手里打着牌，嘴里抬着杠。大点的孩子们在东房的炕上拿着手机兴高采烈地玩游戏。小孩子们是闲不住的，也是冻不住的，满院子跑着追逐着，嬉戏着。女人们在东房的另一个屋子里连说带笑地忙碌着包饺子。三个屋子的人好是热闹，院子里听得见男人们爽朗的笑声，孩子们的吵闹声，女人们的嬉笑和尖声细语。这声音打破了乡村里的宁静，给这沉寂的村庄带来了生机与活力。夕阳像爸爸妈妈的笑容一样灿烂，把这冬日里村庄的枯木、远山、土地和房屋渲染成了金黄。这深深的爱，暖暖的房，热热的炕，圆嘟嘟的饺子，其乐融融的一大家人，一切都显得那么的祥和，一切都是那么温馨！

七天的假在一次次的盛大而又快乐的聚会中很快结束了。大女儿已经走了，我也上班了……但是，这浓浓的亲情依然缭绕在心中，一次次的聚会让人回味无穷……我们不也是过了一个祥和的大年吗？

冬至记事

随着气温的骤降，伴着小雪的飞扬，迎来了冬至。冬至，也就是白天最短，黑夜最长的一天了。冬至过了，白天也将慢慢地变长，一直到夏至为止。

而每年的冬至人们都要包饺子吃。

相传冬至这天，不论贫富，饺子是必不可少的节日饭。这种习俗，是因为纪念"医圣"张仲景冬至舍药留下的。张仲景著《伤寒杂病论》，被历代医者奉为经典。他辞官回乡，为乡邻治病时正是冬季。看到乡亲们不少人的耳朵都冻烂了。便搭起医棚，支起大锅，在冬至那天舍"祛寒娇耳汤"医治冻疮。他把羊肉、辣椒和一些驱寒药材放在锅里熬煮，然后将羊肉、药物捞出来切碎，用面包成耳朵样的"娇耳"，煮熟后，分给来求药的人。人们吃了"娇耳"，喝了"祛寒汤"，浑身暖和，两耳发热，冻伤的耳朵都治好了。后人学着"娇耳"的样子，包成"饺子"。冬至吃饺子，是不忘"医圣"张仲景"祛寒娇耳汤"之恩。至今仍有"冬至不端饺子碗，冻掉耳朵没人管"的民谣。所以，冬至单位食堂也包饺子。

昨天中午吃饭时，经理和颜悦色地说："明天是冬至，我们灶上给大家包饺子吃。"

"啊？明天是冬至吗？我的真主呀！又得忙活一早晨了。"我笑着说。

经理说："就是的，你们给准备准备，明天从单位里抽几个人来帮忙做。"

下午四点送萝卜的人来了。我把萝卜皮削了，洗干净。同事把萝卜擦成丝，我把火打着，锅里放上水，等水开之后把萝卜丝用水焯了一下，等萝卜丝焯的嚼起来没那么硬了就用漏勺捞出来放冷水里泡三次，把萝卜的那种辛辣味泡没了。管灶的大姐去绞了十斤肉。我们做好了第二天包饺子的准备。

五点半的闹铃又响起了，把我从睡梦中叫醒了。我赶紧洗漱后，披着还未褪去的夜色去单位做早餐。

我们的早餐虽然不是很丰富但也够营养。每天两种不同的小菜，还有煮鸡蛋，两样稀饭和主食蒸花卷，有时候是烙饼子，还蒸包子。荞面馍馍我们也做得非常好，软软的口感挺好，大家也都很爱吃，一周还蒸两到三次红薯。

等大家吃完早餐，我们把早餐的灶具洗涮完后便开始准备包饺子了。小马负责和包饺子的面，陈姐在她旁边帮忙，我负责剁馅，把贾姐粉碎了的肉末放上调料剁，让入味。然后把萝卜丝捏干水分和肉末放一起，放上盐、调料面、味精、鸡精一起剁。直到剁得细细的，黏糊糊的。再把油烧热放些花椒炸了捞出，用热油烫一下葱末，倒进馅子里搅拌，直到搅拌匀称为止。灶房里一下子香味四溢，要是煮熟了肯定是好吃的。

面也和好了，馅也剁好了。让面稍微醒了会，又揉了一遍，这时已经九点半了。八个女人围满了灶房的两个大案板。小马把面切下一个长条，利落地在案板上滚成小圆棒，然后用手飞快地掐成一个个均匀的小面团。职工张姐和段姐用小擀面杖擀饺子皮。一个个小面团在她们手中和案板之间飞快地旋转着，瞬间成了一张张乖巧的饺子皮，像洁白的雪花一样优美地飘落在了案板上。我和职工田姐在这边包饺子，田姐包饺子的技术不能小看，她把饺子馅放到面皮上，用手虎口一挤一个，一挤一个，挤出来的饺子圆嘟嘟的可乖了，一看就是在家里常做饭的人。贾姐、陈姐和职工任姐在我们的对面包，贾姐包的饺子有小窝窝的纹路，很是可爱，说那种饺子叫作"麦穗"。还有一个名字叫作"老鼠"。我们大家都说，还是叫"麦穗"吧！吃麦子比较好，吃"老鼠"残忍恶心。当然都是开着玩笑说的话。陈姐和任姐包的饺子像是餐厅里买的饺子一样，边上薄薄的，中间圆圆的，小巧玲珑，很是好看。大家又说又笑，紧张忙碌地做着，手里是忙，嘴里更是忙。真是人多力量大呀，一大盆饺子馅在我们共同努力下，经过两个小时的奋战终于包完了。包了十三盘子，约有一千五百饺子。此时的我经过一早晨的忙碌腰已经酸了，脚也很疼。她们也嚷嚷着胳膊困了，贾姐让她们到我们的宿舍喝点水，休息一会儿等中午开饭。

已经十一点半了，烧水还有点早。乘空我和陈姐、小马喝了点开水，随便聊着天。十分钟过了，该烧水了。我点燃了两个灶头，放上两口大锅。烧水时，陈姐捡了些香菜洗净，小马捣蒜末。我把香菜切碎放到一个盆里，再放上一些油泼辣子还放了点鸡精、味精、盐、蒜末再倒进去醋调成了汁子，尝了一下味道刚好。水开了，陈姐和贾姐往锅灶前端饺子，我和小马分别从两个锅里下饺子。这时职工下班了，可能是因为今天是冬至大家知道灶上要包饺子，来的人也比平时多了些。不过没关系我们早都估计到今天吃饭的人会多，所以包的饺子也多，估计会够吃的。平时饭菜都放在窗口那里，他们排队自己盛着吃。我们今天准备用大盘子往桌子上端饺子，每桌一大盘，他们自己用筷子向碗里夹去，盘子里吃完了再来盛。饺子熟了，我和小马把饺子盛在了大盘子里，陈姐和贾姐负责向窗口那里端。然后再下第二锅、第三锅，大小锅共下了六锅。饭厅里厨房里到处都飘着饺子的香味。我心里高兴，觉得我们辛苦劳动的成果得到了大家的赞同。看他们吃的差不多了，我们几个也开始吃了。过了一个忙碌而又欢乐，又有意义的冬至。也即将度过了平安快乐的一年！接下来我也要用快乐积极的心态去迎接新的一年。用心对待每一天，每一个人……

　　年年岁岁冬至日，温温暖暖人间情！

付出才有回报

　　郭佳老师在朋友圈里发着一段文字，大意是她坐上了公交车，却怎么也找不到临出门时带的一块钱零钱，所以她陷入了尴尬境地。正在这时，车上的一位大叔帮她付了车费，她十分感动，因而发了朋友圈表示感谢。

　　这让我想起了一年前，我也遇到了同样的一件事情。那是一个春天的周末，蓝天白云，风和日丽，鸟语花香，是个出门的好天气。我和侄子媳妇相约回农村老家去看望公公婆婆。

　　我们要先坐公交车去车站，才能坐回老家的班车。侄子媳妇比我早坐五站车，她上了车给我打电话，让我往公交站走。我接到电话，就赶紧去门口的超市给婆婆公公买了些日常用品和吃的东西，拎着大包小包就赶往公交站。刚到公交站车就上来了，侄子媳妇向我招手，我就急忙上了公交车。

　　公交车里有很多人，整个车厢显得特别拥挤。我上车准备投币，却翻遍了整个包都没有找到一块钱零钱，问侄子媳妇，她说也没有。我想哪怕找出五块钱也行，五块钱我会毫不犹豫地投下去，因为坐车付费那是必须的，谁叫我那么大意没有准备零钱呢。五块钱没有，十块二十的还是没有，想着要是有可以向车里的人换一下零钱，却都没有。

　　面对满车人的目光我当时觉得很尴尬，很不好意思，脸火辣辣地烧了起来，好像做了件错事似的。下车吧，车子已经开动了，不下车吧，又没零钱。正当我为难时，坐在座位上的一位面色黄亮，胡须雪白的老人，微笑着用干瘪的手向我递了一元钱。我很不好意思地说："这不行，怎么能拿您的钱呢，您有五十块零钱吗，换一下吧。"他说没有，却还是执意要给我一元钱。这种情况下，看来拿他的钱是唯一的办法了。于是，我怀着感激的心情拿了他的钱，投了币。并且向他连声说谢谢。他和蔼可亲地说："不必谢，只是一块钱而已，承不起谢的。"他的善举如那天的阳光温暖了我的心田。

三四年前，我也曾分别两次为别人付过公交车费。记得有一次，我坐在公交车投币箱不远的座位上，在利明小区门口的公交站，上来一位穿着时尚的红衣女子。她一上车，直接向我开口问："请问你有一块钱吗？今天出门忘了带零钱，我上班要迟到了，来不及回去换零钱了。"我说，"有有有！"就赶紧给了她一块钱，她表示感谢。还有一次，是一位大妈上车投票时找不出零钱。她当时也陷入尴尬的状态，我就主动递给她一块钱让她投币。她拿了钱也表示非常感谢。其实，在我给她们钱投币时，也觉得只是一块钱而已，一件微不足道的事而已，不用那么客气。

而当自己遇尴尬，特别窘迫时，别人伸手递一块钱时，才深深地体会到这一块钱的重要性。它是别人的爱心，是别人的慷慨，更是别人的善良。所以，很感动，也很感激。有句话说的好，"付出必有回报，好人会有好报。"我相信，因为当年我在不经意间帮了别人，所以受帮助的人又用同样的方式帮助了我。

女儿大学毕业了

今天是女儿的大学毕业典礼。她给我发来了许多穿着毕业礼服的照片，有女儿自拍的，还有和同学们一起拍的，张张看起来都是那么的气派，那么的个性，那么的靓丽，又是那么的朝气蓬勃。还发来了毕业典礼的视频，上千学生都穿着黑色的毕业礼服，头上戴着方块形的毕业礼帽，整整齐齐地坐在那里，聚精会神地听老师和学生代表的毕业致词。同学们的掌声经久不息，响彻了整个大厅。在这热烈的掌声中，同学们一个个上台领取自己的大学毕业证书，并且向颁发证书的老师深深地鞠着躬。这证书是他们十六年来努力学习的见证，也是他们将来参加工作的一块重要的敲门砖。看到了很多同学都激动地流着眼泪，并且用手轻轻拭去脸上的泪水。也看到了他们脸上洋溢着幸福而灿烂的笑容中带着的自信！此时此刻我也非常激动，被这种气氛感染了，觉得自己也是学生中的一员。眼泪不知不觉地流出来了，我为自己感到骄傲，为女儿感到骄傲，更为祖国的这些花朵感到骄傲，他们将走出校园，奔赴祖国的各个地方参加工作，为祖国做贡献，为自己创造未来！

在这盛大而又隆重的典礼中，对于女儿来说，一定比我更激动的，更高兴的，更感慨的，也肯定是依依不舍的。毕业典礼意味着她这么多年的学生时代结束了，也长大成人了。在这期间她从一个懵懵懂懂的天真的小女孩，成长为一个懂事大方的大姑娘。在这求学的漫长道路上，她付出了很多艰辛。十六年的人生，十六年的风风雨雨，十六年的起早贪黑，她的确是很不容易，终于毕业了。同时她也收获了不少的东西，譬如：学到了很多知识，交了很多朋友，也长了不少见识，经历了很多事情。这些让她懂得了很多道理，也成熟了不少。这是她收获的很大一笔财富。这笔财富将伴随她走向将来的人生道路，也将会伴随她的一生。

农村的孩子是没上过幼儿园的。记得上小学一年级的时候，她不会握笔，我手把手地教她写字。有时候她的字写不好，我便气急败坏地打她。她看见我手举起来要打她时，吓得缩起了脖子，眼睛都眯在一起了。看到她那样的表情，我心软了，便压下火放下手继续教她。因为我年纪不大，就连着生了三个孩子，不懂得怎么做母亲，也不知道怎么细心地照顾他们和疼爱他们，只是让她背着我烙的馍馍，由村里大一点的孩子带上，走五里多路去学校。由于家离学校远，中午就吃背去的馍馍，渴了就喝学校水龙头里的凉水，现在想起那时的生活条件实在是太差了。不过，也不觉得后悔，因为正是他们经历了那么多的艰辛才有了今天的成功。也正好印证了老人们的一句话："穷人家的孩子早当家！"

记得在大湾上初一时，每个礼拜回家她都帮我干家务活。洗衣服、煨炕，我干农活回来晚时她给家里人做饭，虽然做得不是很好，但是我们都吃得很香。她也帮我干地里活，给胡麻地里锄草，别看她小，但是拔起地里的草是又干净又利索，也不比大人差。那小手被草染绿了，脸也被土溅得脏兮兮的了。

记得那年干旱，麦子长了不到一尺高，两个女儿要帮我拔麦子去，说多拔一点是一点，总比我一个人拔得快。于是，我把她和妹妹领到了地里帮我拔。太阳火辣辣地烤着大地，也烤着我们母女。女儿们的小脸被晒得红通通的，额头上还不停地流着汗珠子，我把她们姐妹俩拔的麦子跟我拔的捆在一起，捆成了一个个小捆。也因为那天拔麦子，她们的小手上都磨起了水泡。

老公说乡上的中学教学质量差，怕耽误孩子的将来，和我商量把孩子们都转到城里上学。当时她上初二，妹妹上初一。还记得我和老公找人把她俩转进五中的情景。那时虽然花了不少钱，现在看来老公的选择是正确的。她也没有辜负我们对她的期望。

上初三的时候她怕自己考不上高中坚持要上技校。我和老公对她说："只要你努力了，对得起自己，考上更好，考不上再上技校也不迟，我们是希望你上高中，上大学，将来不要像爸爸妈妈这样辛苦。"在我们多次劝说下她终于不再坚持了。当中考成绩出来时，她高兴地跳了起来，激动地喊我们："爸妈我考上了，我考上了！"这一刻，我也是无比的高兴。嘴里说着："我女儿真棒！"悬着的那颗心也放下了。

她上高三时，怕手机影响学习便主动不带去学校了，每个周末回家都会学习到十一二点。看她这么强迫自己学习，我怕她压力太大就再次用原来的话鼓励她："只要你努力了，尽力了，对得起自己了，考上考不上都无所谓的。"因为我知道她小学是在农村上的底子本来就薄，不能和城里的孩子比。更何况每个人的能力，天赋，都不一样。所以只要她努力了就行。我只要她快快乐乐，要她知道做人比成绩更重要。别的一切都顺其自然吧！我看着她每天刻苦学习，心里默默地为她祈祷，还经常说些宽心、鼓励、加油的话。

试考完了，成绩出来了。她看着成绩比平时低了好几十分时，她哭了，哭的是那么的伤心，那么的难过，我也流泪了。我不是因为她没有考出好的成绩而流泪，是看到她伤心和失望的样子我心疼。从内心来说我希望她有个好的成绩，上个好大学。但是，事已至此，我也看到她努力了，责怪一点意义都没有，所以我安慰她说："没事，今年考不上我们重读，不就是再用一年的时间吗？你也可以在家里多待一年，多陪我一年。"我把她从被窝里拉起，带她到商场买漂亮的衣服，希望她从高考的阴影里快点走出来，毕竟身体才是最重要的，我要她健健康康、快快乐乐的。志愿填了，录取通知书来了，不是她想去的学校。当时我老公在医院输液，她半喜半忧地打电话说："妈，我被吉林华桥外国语学校录取了，那里太远，学费也高，我是去还是不去？"老公接过电话说："去，当然去。学费不用你操心，有老爸呢！远了没关系，想家了可以随时打电话。"其实，我们是怕她万一下一年再考不好落榜了，那样就太打击孩子了。

大学要开学了，我知道长春那边冷，就给她买了羽绒服和几件衣服，也买了些吃的用的东西，由她父亲带着去学校了。我把他们送到火车站，嘱咐了很多，要她路上照顾好自己和父亲，要她和同学们好好相处，要她别太省钱一天要吃饱……她也让我注意身体。看着她背着背包扎着马尾辫一甩一甩离去的背影，我的眼泪止不住地流了下来，我的心里是多么的沉重，多么的不舍啊，她没有出过远门，而这次是那么的远，时间更是那么的长。就这样她踏上了四年大学的行程，同时她带走了我的牵挂，也带去了我的期望……

到了那里她给我打电话，说长春很大，是座美丽的城市！学校很美，她觉得是长春最美的地方！以后她几乎天天给家里打电话，告诉我学校里的事情，同学们的事情。她说她很幸运被这所学校录取，她喜欢学校的管理制度，喜欢学校把学生抓得很紧，感觉跟上高中一样紧张，她每天觉得时间太短不够用，她觉得她每天都过得很充实。她喜欢那里的同学们，喜欢学校的景色……听着她每天都高高兴兴的，我的心也就慢慢放下了。每次放寒暑假她都要回家看我和老公，看家里所有的人。是啊！时间过得真快，一转眼四年已过，女儿都毕业了。接下来她将要走自己的人生，在以后的日子里，她要靠自己的努力和智慧打造出一片属于自己的天地。为国家，为社会，为家人做出贡献。可能会因为社会的复杂和经验、经历的不足，她会遇到更多的困难和挫折，以及会受到不少的打击。不管怎样我希望女儿坚强上进，做事努力细心，肯付出，遇困难迎难而上，我相信社会会回馈她的，她一定会收获很多的成果，要知道失败是成功之母。当然我也希望我女儿一帆风顺，少走弯路，每天阳光的生活着！更希望她在将来的道路上，找到自己喜欢的工作，并且脚踏实地，顺顺利利地走下去，做一个对社会有用的人！

雨中情

夏天的雷雨总是在你毫无防备时下起。中午吃饭时还是万里晴空，烈日炎炎。谁知吃完饭在单位宿舍床上睡得迷迷糊糊时，便听到外面雷声呐喊，刷刷刷……下雨了，好像已经下了好一会儿了。

突然手机响了，把我从迷糊中叫醒了，是老公打来的。

他问我固原下雨了吗？说他在老家，老家下大雨了。还说，家里的被子和床单他早晨晒在院子里了。我回答他，这里也下大雨，这会儿肯定全都被雨淋湿了，索性就让它淋着吧。

电话打完我睡意全无了，看见窗户的玻璃被雨水淋得模糊不清。我便有了好奇之心，起床打开窗户观雨。

云扯得平平的，整个天空像是被蒙上了一层厚厚的灰白色的被子。雨点如豆似的密密麻麻从天空滚落下来，跌在地面上发出哗哗哗的响声。又像是用瓢泼似的刷刷刷，远处白茫茫的一片，整座城市都笼罩在这暴雨之中。

单位院子里的植物正在接受着雨水的冲刷，绿叶随着雨点落在上面而不停地抖动；毕竟是水泥院子，地面上的雨水还算清澈，但已是水流，密密麻麻的雨点落在上面根本溅不起水泡，也荡不出晕圈，只是急忙忙向大门外面流淌。

有两个小伙子从办公大楼方向跑出进入我的视线，他们头上顶着工作服，在大雨中以跳跃的形式急跑着，生怕被雨淋湿。他们几个箭步跑进了宿舍楼，但是鞋子肯定已经湿透了。就在我观雨的这一小会儿工夫，雨从窗户里泼进来，窗台瞬间被雨淋湿，雨水顺着窗台流下来。我急忙关住窗户，心里便有了一份不安。要是这大雨再这样继续下恐怕要起水灾，我希望雨下得小一点，稳一点儿。

翻看朋友圈，大家都在发下雨的情形。侄子媳妇家住南边三里铺，她视频里的雨仍然密密麻麻，路面上的雨水像条大河，浑浊的雨水在宽阔的路面上肆无忌惮地流着。大车小车鸣着笛，在深水里慢慢行驶着。西边新区那里有人拍的视频，路面上的水很深，一辆白色的小轿车被水淹住了轮胎，困在路中间。一个女人和一辆摩托车停在水里，视频里的声音好像是在向姐姐求助，这情形让人担心，真希望有好心人立即过去帮帮她们，但愿她们平安无事。市中心十字路口的拐弯处有人发朋友圈，下水道里的水已经满了，掀翻了下水道的盖子，水从里面喷了出来，形成了一座座小山似的低矮浑浊的喷泉。还有发出的视频是南河滩的菜市场，由于菜市场地势比较低，那里简直成了"海洋。""海"上面漂着萝卜、西红柿、黄瓜……看来菜贩子们还没来得急收摊，就被雨水把菜摊给掀翻了……朋友圈还发着各种暴雨的情形，看到这样的状况，我的心更加担心起来。担心这里会发水灾，担心庄稼会被水冲坏，担心有人出行会遇到危险！

于是，给母亲打了一通电话问家里下雨了吗？母亲说那里也下雨，但是下得不太大，院子里给牛晒的草还没来得及收拾到草棚里去，部分草被雨淋湿了。草湿了可以晒干，只要庄稼不要被雨冲坏就好。我嘱咐母亲，下雨天在屋里待着，不要轻易出门，以免摔着碰着。可是，这里的雨仍然如瓢泼似的，大得让人害怕！再次希望雨能快点停下来或者小点儿下。

跑到后阳台打开窗户看街道上的情形，这里毕竟是市中心的商业街也属于繁华地带，商城和新时代购物前面的广场上，有几个人撑着伞不知道有什么急事而在大雨中疾步着，他们的鞋子、裤腿显然已经湿透了。街道路面上的水有两尺深了，如大河似的湍急地流淌。有几辆小车，在深水中艰难的慢行着。我心里嘀咕，这些人简直是不要命了，为什么不把车停在安全的地方等雨小点了赶路呢？正在这时，我看见两位穿着雨衣的交警在深水里冒着大雨走着，他们走到撑伞女人的跟前不知说了什么，然后继续向前走去。

再翻朋友圈，有几个人发了交警在大雨中坚持工作的视频，画面让人感动。

危难时刻总有那么些可爱的人挺身而出。我给发这些短视频的人点赞，点赞他们传递正能量；我给交警同志点赞，点赞他们的爱心，点赞他们冒雨无私奉献的精神；我给在这场雨里帮助过别人的人们点赞，点赞他们乐于助人的精神！

灾难无情，人间有爱！希望在别人需要帮助时大家伸出援助之手。希望在我们这片土地上多出现这样一些可爱的人和这样感人的事。

这场雨在肆无忌惮地下了三个多小时后终于停了。听说低洼处有几间门面房进水了，火车站的候车室进水了。但是，有关部门都做了求助。庆幸，这场暴雨并没有对百姓带来太大的灾难。太阳出来了，西边的天空出现了一道美丽的彩虹。

雷 雨

午休了一会儿，床上像插了电热毯似的烫乎乎的，我睡得浑身是汗。屋里的空气就像灶台上的热浪烧烘烘的，闷热极了。我口渴得厉害，赶紧起来喝了杯冷饮，总算能透过气来。

我住在一楼，看了看外面，天上堆积着厚厚的乌云，几只燕子在窗外飞来飞去。树叶无精打采的想动不动，临窗一侧靠墙脚与苹果树之间那张大网上的田狗狗（大蜘蛛）已不知道踪影，看起来要下雨了。

忽然，想起明天要给单位的人做切面包子，得去发点面。心想，走吧，反正不到十分钟就到，不可能这么快就下雨。于是，推出我的花彩车出发了。骑上车子走了不到一百米雨点就稀稀地滴了起来。看远处白刷刷的一片，不好，有大雨。我掉头就往家里骑。刚到门口，豆大的雨点纷纷从天上砸下来，打得地下室遮光板噼里啪啦地作响。赶紧进屋，跑到阳台上看雨。想着最近有一月多没下雨了，天气大旱，农作物歇晌了，玉米的叶子都卷起来了。下点吧，可以滋润庄稼。听说城里的饮水也有点紧张了，还可以给水库给水，解决饮水问题。这可是及时雨啊！

雨越下越大，像瓢泼似的。窗子上像拉了层半透明的窗帘，看外面有点模糊。门前打算出行的车辆，开着雨刷器和不太亮的车灯停在那里，被这大雨肆无忌惮地淋着。可能是雨太大视线不清，不易出行，人也被雨水堵在车里回不去。

这时候，风也忍不住地骚动了起来，吹得窗前小园子里的豆角蔓和围栏上的爬山虎不停地招手。雷公公也耐不住寂寞，呐喊了起来，轰隆隆地吼个不停。闪电忙了起来，不停地给黑云划上一道道金光。地面上不一会儿水流成河，淹到了半个车轮。心想，再这么下可能会遭水灾。还好，这样的雨下了有一小时左右，雨小了，没那么猛了，它稳稳地、匀匀地洒向地面，地面上的积水明显浅了许多，溅起的水泡也不起眼了。又持续了二十分钟，雨停了，风也停了，树木在雨水的冲刷下显得格外的绿，楼房四面都湿漉漉的，我的小园子早已是一汪水泊。

我趁空赶忙给乡下的爸爸打电话，问农村老家雨下的情况。爸爸电话里说这场雨下得好又平安，今年的庄稼有救了……爸爸的每句话里都透着喜悦！

又过了半小时，我向单位走去。街道的路面上有的地方还流着水，很多下水道的井盖都被雨水掀到了一边，有的水还从井盖子底下向路面上冒。街道上的自行车、电动车、公交车、汽车……鸣笛声不断"滴滴""嘟嘟"……交通非常拥挤，各个岔路口都有交警疏通。街上的人也是特别的多，你来我往，像是下了会儿雨耽误了很重要的事儿似的，雨停了都急着去办。路中间没水了，但是，路边的水就像小河一样流淌着，有几个女人想走街边的店铺去，她们怕湿了鞋子，试图往过跳，结果连裤子都湿了，还别说鞋了。

下了这么会儿雨，街道上就成这种状况。我不由得牵挂起了南方的灾民。最近南方很多地方降雨量过大，造成水灾，使很多人的生命和财产严重受到威胁。有很多人的家园已经被无情的洪水摧毁。他们的身心也承受着巨大的煎熬。我们很多解放军官兵正在各个灾区进行连日连夜救援和抢修。全国人民都心系着灾区。洪水无情，人有情。挺住，灾区人民，相信在全国人民的帮助下，你们一定会重建家园，度过难关。

　　弯弯的彩虹挂在东边，我的心也豁然开朗起来，嘴里便情不自禁地哼起了"彩虹就在大雨后……"脚下的彩车也似乎飞了起来……

迟来的雨

雨，可以给百姓带来五谷丰登的喜悦，也能成为灾难的根源。

今年雨水真是喜怒无常。南方阴雨连绵，暴雨不断，很多老百姓的庄稼被淹，房屋被毁，路面冲断，山体滑坡……人民的生命财产受到了严重威胁。南方的灾情牵动着我们每个中国人的心，每每看到新闻播出，我的心情是特别的沉重。希望雨赶紧停了！

可是，我的故乡，生我养我的地方宁夏彭阳县和我生活了二十多年的固原县大旱。每当迎着烈日，看见干裂的土地和蔫巴巴的庄稼，我的心里不得一阵阵焦虑。渴望雨快点来！

家乡的春天和初夏可以说是风调雨顺。雨，时不时地光顾这里，它洗绿了树木，抚摸着花儿，冲干净了房屋，浇灌庄稼，更滋润着老百姓的心田。庄稼的长势非常好，玉米苗、洋芋苗……像婴儿般茁壮地成长，几日就是另一个样，叶子如泼上了油似的黑绿发亮。一切都是那么生机盎然！

然而，这一切给人们了个眼欢喜。秋田刚结了果实，熟面水的时候天旱了，持续了五十多天的高温。太阳好似一个大火球，火辣辣地炙烤着大地。屋子像蒸笼一样热气腾腾，蒸得人成天流汗；风扇成天地头一会儿扭向这边，一会儿扭向那边，使出浑身的本事但吹出的仍然是暖风；树干的皮晒得都裂开了缝，发出吱吱吱的响声，旱虫爬满了树叶，想很快榨干这仅有的一点水分，使得本来已经枯黄的叶子卷曲得不成样子；往日穿着深绿色的衣服，像一个个挺直腰杆的战士，整整齐齐排着队站在薄膜纸上的玉米，也在太阳的暴晒下没有了威风，无精打采地耷拉着穗，叶子也渐渐地枯黄，而且成天拧成了绳子；像黄瓜细的玉米棒子紧紧地挨在将要枯黄的秸秆上柔柔地，拽都拽不下来；稍微有点指望的棒子干脆离开秆儿倒垂着身子懒散地任由日头晒着；洋芋的蔓已枯干，露出青茎在煞白的田地里七扭八歪的斜躺着，抛开土，再看看里面的洋芋才纽扣那么大；还有那长了不到一尺像头发丝细的荞麦和糜子，奄奄一息地挣扎着；胡麻验证了农家的那句谚语："想吃胡麻油，伏里晒日头。"只有那不大一块的胡麻地被晒得黑红，得意地在风中摇曳，显摆着它的成熟。

雨，在这个时候比油都金贵。前天，空中布满了乌云，还下起了丝丝细雨。人们巴望雨下得大一点。然而这老天像是跟人们开了个玩笑，一阵一阵的风吹起，把天上的乌云吹散了，太阳还时不时地露出头来，偷笑着，看看人们那焦急的脸色。昨天，天还是那副德性，继续挑战着人们的耐心。

今天早晨，天上下起了不大不小的雨，总算给人们带来了一丝的安慰。"如果下一天的雨把田地浇透该多好啊！"我心里不止一次的这样痴想着。可是，老天还是舍不得比油还要金贵的雨，这雨下了一个多钟头！又停了。不过天上的乌云还是很重的，直到晚上十点钟，雨终于又下了，而且下得还挺大的，哗哗哗地下了一夜。屋顶丁丁当当的雨声清晰可辨，屋檐下一直是没断线的雨帘，落在用水泥铺了的地面上，溅起一朵朵洁白而美丽的水花，弹奏出优美的旋律。我想，人们一定会听着这美妙的音乐安然地进入梦乡，睡梦中一定会洋溢着庄稼成熟的喜悦！

第二天早晨雨停了。天依然是阴着的，空气特别清新，气温也明显降了许多。地面到处湿漉漉的，还有许多小水坑。田地里看起来也是软软的湿湿的，脚踩上去都按在里面了，费点劲才能拔出来。枯黄、淡绿色的玉米叶子舒展开了，随着轻风精神地发出刷刷的响声；韭菜的头也抬起来了，像一把把锋利的小剑；树叶似乎也绿了很多，只不过在一夜的雨打击下，地上落了很多枯干的叶子。

爸爸的脸上透着半喜半忧地神情，他看着这些庄稼，不紧不慢地说："总算是下了场透雨，这场雨要是早下个十天半月该多好！不过下了这些雨看玉米再能熟点面水吗？反正是减产了，秕了，收割回来可以粉碎了给牛当饲料，洋芋蔓已经干了，洋芋也长不大了。糜子、荞麦也就那样了。虽然对庄稼没有啥大的作用了。但是，还是下点好！下点好！"从他的语气里可以听出他喜悦中带着很多的忧虑。

雨，对于经常生活在城里的人来说是可有可无的。雨多了反而显得麻烦，不利于出行。但是，对于农村人来说，雨是一年的希望，一场好雨可以给人们带来丰收的喜悦，是幸福生活的源泉。虽然这场雨来得有点迟，但是对家乡大自然的一草一木，粮田和人们的心田都是一个很大的安慰！

幸　福

　　曾经和一位朋友聊天时，我问他幸福是什么？他爽朗地笑着说：
"幸福就是能吃时吃，该睡时睡，就这么简单。"当时觉得他只是信口
开河的就那么一说。后来慢慢琢磨他的话语，其实也是不无道理的。
人的思想不要太复杂，要求的东西不要太多，那样的话烦心的事也就
很少了，幸福感也就多了。

　　那么，我是个幸福的人吗？

　　我肯定地说，我是个幸福的人。首先，我有一副健全的身体和端
正的五官，行动自如，能言善语。虽然小时候家境贫寒多数吃的是玉
米面，穿的衣服是母亲从旧衣服摊子上买来的，但是我有父母和哥哥
姐姐们掏心掏肺的疼爱。虽然结了婚日子过得非常的苦，家务活、农
活忙得我团团转，但是有公公婆婆的帮扶和妯娌之间的帮助。也有老
公最真最真的情。我还拥有我们的三个小可爱，这无疑是比世界上最
珍贵的东西要金贵。虽然没有太多的金钱让我来买高档的化妆品、高
档的衣服让我尽情地来享受，但也够吃够花。最重要的是我生在了这
个和平年代和我有一个和睦的家庭。

　　老公说，他最爱吃我做的面，比饭馆里好吃多了。他对我这样说，
对朋友也经常这样说。看着他把我做的饭吃得津津有味的样子，我觉
得挺有成就感，觉得挺幸福的。

他的坏毛病有时候气得我哭笑不得，也被他的恶语曾经伤害得哭得稀里哗啦。但是，谁又能没有缺点呢？既然生活在一起，难免会有个磕磕绊绊，那就要包容他的缺点。何况，他是我孩子的父亲，他肩负着我们一家人的生计。

虽然他从未对我说过亲昵的话语，连最基本的"我爱你"都未曾说过。但是，我能深深地体会得到他对我的感情是最真挚的，也是这个世界上除了父母之外，对我最好，爱我最深的那个人。病了，带我去看医生。冷了，让我多穿衣服。对我的娘家人也是敬爱有佳，对父母孝敬，对哥哥姐姐们尊重，对侄子侄女的疼爱。不光是这些，最让我欣慰的是，这么多年来从未背叛过我。想想在这个物欲横流的世界，还有几个人能一心一意对你呢？所以我觉得很幸福！

在生活中我也悟出了一些道理。觉得幸福不光是别人为你付出，疼你、爱你、牵挂你你，也会因为你对别人付出了你也会收获幸福。

以前每次回娘家母亲问我想吃什么，然后做家里最好的东西给我吃。吃完饭，她总是抢着和我洗碗，说这顿我洗了，回家了下顿她还得洗，索性不如她洗了算了。我知道，她是疼我，舍不得让我做。我也知道，她看着我吃着她做的饭她觉得挺有成就感。

现如今，她上了年纪。我回家做饭她再也不会拦挡，我洗碗她再也不会跟我抢。我看着她满头花白的头发，把我做的饭吃得津津有味时我挺高兴的，觉得在父母的有生之年为他们多做些力所能及的事情也是一种幸福。

以前孩子们都在家时，每天离了做饭，还是做饭。照顾他们的衣食起居，听他们的吵吵闹闹，被家里的琐事整得焦头烂额，也就对生活有了很多抱怨，觉得自己太苦太累，觉得自己不够幸福。渐渐地，我也上了年纪，成熟了不少，觉得只要自己别生疮害病，觉得自己的亲人们健健康康，能为他们多做点事情其实挺好的，也挺幸福的！这不孩子暑假都回来了，看着自己做的饭，一家人坐在一起吃得津津有味时，觉得真的是很幸福！

第三辑

/

追忆

今天是你的忌日

姐，今天是你的忌日，家里给你"念素儿"了。

人们都说黄土隔人心。可是，我觉得黄土只隔了你和我的身躯，并没有隔开你我的心。你走了十年了！十年的日子是漫长的，它能使一个儿童成长为少年，也能让青年人长成中年人，更能让我淡忘很多很多事情……可唯独忘不了我们的姐妹情深！

多少次梦里相聚我跑去拥抱你，你却躲我远远地，醒来我流泪了！

多少次，你对我说你没有"完"，只是出了趟远门而且去了很久很久，你回来了！梦中，我笑了！

多少次，梦见你对我说着你对孩子的牵挂和对父母的牵挂，我的心也跟着和你一样惆怅！

我还清晰地记得你的容貌，那消瘦端庄不高不矮的身躯，那张白净的瓜子脸，那炯炯有神的眼睛和高挑的鼻梁，还有那张好看的樱桃小嘴常常在我脑海里浮现。

姐，你虽然比我只大八岁，可就像母亲一样疼我，爱我！当你走了以后，我感觉天塌地陷了，好像很多的亲人都离我而去了，那种钻心地悲痛，那种心里空虚的感觉无法用文字来形容！多少次我默默地望着窗外，望着前面的路口，多么希望你能从那里走过来，走进我家里，来看望你最疼爱的小妹！

姐，你记得吗？小时候，我的头发都是你给我梳的，有时候扎个马尾，有时候辫两个小辫，有时候你也会给我满头编上细细的小辫子，又给我买了漂亮的发卡卡在我的头发上。你还给我用红色的毛线织了个扎头发的发圈和一个黄色发带，当我戴上它们在同学面前炫耀时你知道我有多得意吗？同学们有多羡慕吗？因为我有一位好姐姐，而且手也特别的灵巧。

姐，记得你结婚以后我第一次去你家的情景吗？父亲和母亲带着我和外婆去看你，你高兴地把我们迎进门给我们做了好吃的，还给了我好多糖和核桃，说是你给你的小妹我专门留的喜糖。当我们要离开时你那依依不舍的表情和满眼的泪水让我至今难忘！

当你有了孩子以后，每年的寒暑假我就是你家里的常客了，闲了浪，忙了帮忙看孩子。姐，你记得吗？我穿的第一双凉鞋就是你给我买的。那年，我给你帮忙看可爱的小外甥女，你割麦子，当忙完地里的活你带我回娘家时给我买了双浅红色的凉鞋，那双凉鞋的图案是栩栩如生的孔雀，漂亮极了，我非常喜欢，它花去了你仅有的八块钱。那时候人们穿的鞋子都是用布做的。当我穿上那双凉鞋你知道我有多高兴吗，回家不停地向父亲母亲炫耀，向左邻右舍的孩子们炫耀："看我大姐给我买的鞋，好看吗？"

我上学时，你家的光景并不好。可是，你总是偷偷地塞给我钱，五角、一块、两块。要知道当时的钱有多值钱吗？买一大张纸订本子是一毛钱，一个鸡蛋八分钱，一斤醋七分钱。要是用你给我的钱买家用物品那会买好多的，可是你偏偏就舍得给我钱花。

当我结婚时，你哭了！我知道，那是你舍不得我的泪水，是疼爱我的泪水。记得你临回家时抚摸着我的头给我咐："以后妈和大没在你身边，你要好好照顾自己，听人家的话，现在你成大人了，不要像在家里

128

那么任性！好好孝顺你的公公婆婆！"

你还用祈求和恳切的话对我老公和婆婆说："我妹妹小着呢，也瓜（傻）着呢，你们给多担待点，有做得不对的地方给安顿，别骂啊。这是我们一家人都惯下的老小，但是她也听话着呢！"

当我有了孩子以后，每逢暑假里忙时，你把你的女儿领来给我既看孩子带做饭，给我减少了很多负担。你也曾多次带着姐夫给我们家割麦子、拉麦子、碾麦子……我们家的每一块地里都留下了你深深的足迹！我知道那些足迹是你疼爱你的小妹而留下！它也深深地印在了我的心里！

你也特别疼爱我的孩子，常常把我家的孩子领去你家玩，回家时还给他们买新衣服。姐，你记得燕子每次去你家时都不愿意回家吗？你记得你来我家时每次回家燕子哭着闹着要跟你走的情景吗？说大姨做的饭好吃，说大姨家好玩，说大姨疼她。我们家三个孩子的鞋子都是你和母亲做的。至今家里还珍藏着你给芳子做的红色丝绒布鞋。这双鞋对我来说太珍贵了，因为，那是你一针一线缝上去的，是你留给我最后的东西和念想。每次看见它就感觉到了你的气息，也如同看到你一样，它包含着你对小妹的疼爱，你对外甥女的疼爱！

2007年农历五月初四下午四点多，你带着小外甥和母亲一起说说笑笑地从我家回去。我目送着你从我家门前的小坡走下，走出铁路桥洞直到我看不见为止。想不到那次的别离竟然是你我姐妹的永别！你依依不舍离去的神情，和你离去的背影我深深地记着从来都不曾忘记！

五月初十，噩耗传来了！你开奔奔车拉麦子时车子翻下了山崖你被摔了。当我们赶到医院时你已经走了，你没等你最疼爱的小妹来看你最后一眼就走了。冰冷的病床上躺着你还留有余热的身躯，我紧紧抓住了你的手，嘴里呼唤着："姐，你醒醒！姐，你醒醒！我来看你来了！我来看你了！"母亲的哭声撕心裂肺，在黑夜里是那么的凄凉与悲哀！我的泪水滚滚而下无法停止。我始终无法相信你就这样留下几个未成年的孩子和年迈的父母走了！我还在幻想姐，你会醒来的，你会醒来的……

窗外的雨还在淅淅沥沥下个不停，它就像你的亲人十年来思念你而聚集在一起的泪水。此时的我也用泪水来书写我们的点滴！姐，今夜你会回来吗？会和我在梦中重逢吗？

忆侄子

　　一直以来，想写一篇关于侄子的文章，想把他的故事记录在我的世界里。却怕家人看见了伤心，所以就一直没有动笔以至于被搁浅。但是，最后我还是忍不住写下了关于他的一切。

　　这个侄子是老公大哥的儿子，大嫂第三胎生了双胞胎是两个儿子。其中他是小的，取名碎赛儿。碎赛儿是2005年因病离开我们的，他当时得的是尿毒症。由于，当时农村医疗条件差，再加上农村人对卫生医疗意识的淡薄，所以才导致发现时已经是晚期。对于我们那时的疏忽，直到现在家人们都觉得非常后悔与惋惜。

　　他离去时，是十八岁的花季少年。他的离去是对大嫂娘家，乃至我们整个家族心灵上一记沉重的打击。好多日子，所有亲人以泪洗面，我们的心是痛的，浑身是无力的。无法接受事实，更无法从他离去的悲痛中走出来。侄子走了，他永远地走了，留给我们的是惋惜、是悲痛、是思念、是回忆！

　　侄子小时候很调皮，也很可爱。记得第一次见到侄子时，他才八岁，是我结婚的那天晚上，他稚嫩的脸上带着笑容，向我要喜糖和核桃。我各样给了他两个，他淘气地说：新婶子再多给我几个，以后才会更幸福哦！我被他那可爱地笑脸，活泼地语气逗得心里乐滋滋的，于是就给了他两大把，他高兴得像是捧着金子般地蹦跳着跑出了门外。

以后的日子里他经常和他的双胞胎哥哥来我家玩，老公会给他俩每人几角钱，让他俩打拳给我们观看。他俩还真就很卖力地打闹了起来，拳打脚踢，嘴里还不时地发出"哼哈……"的吼声，真有那种武林高手打斗的姿势，他们俩那天真可爱的样子逗得大家哈哈大笑。

从小学到初中侄子的学习成绩都很优异。也遵守学校纪律，从来不打架斗殴，老师们都夸他是个好孩子。一次他在校园里捡到了一百块钱，他把钱送到了教务处，教务处通过校园广播找到了丢钱的学生。那时候的一百块钱对于农村的孩子来说，是三个礼拜的生活费呢。侄子说，他知道农村人的不易，也明白丢钱人的心情。说他曾经丢过五元钱好几天都心疼不已，何况这是一百块钱呢，丢钱的同学肯定非常着急。为此，学校还在大会上嘉奖了侄子，被评为"拾金不昧好少年"和"三好学生"。

侄子是个孝顺的孩子，对大哥大嫂言听计从，也经常做家务活儿。拉粪、割麦、挖洋芋，都离不开他。对爷爷奶奶也特别孝敬，有好吃的会给爷爷奶奶留着。爷爷奶奶的缸里要是没水了他都会来挑满。暑假还经常帮爷爷到山里去放牛羊，我们家离学校有三公里路，记得一天下午放学了，侄子和其余的好几个侄子坐着别人赶集回来的手扶拖拉机，看见公路边的奶奶吃力地拉着一架子车磨的面往回走。他便不假思索地跳下拖拉机，帮奶奶拉起了车子。其余的侄子们都置之不理，坐着拖拉机扬长而去了。回到奶奶家里，他的脸上挂满了汗珠，奶奶的脸上却乐开了花儿，高兴地对家里人说："还是我们碎赛儿孝顺。帮我把面拉了回来，要不然我不知道要缓多少次才能拉回来呢？"

侄子乐于助人，左邻右舍的人若是叫他去帮忙，他只要是闲着，都会不假思索地去帮。譬如：帮别人家铡一会儿草；帮别人家拉几趟玉米草；或者帮别人家盖房子时搬砖头……

要是我们家叫他来帮忙，他更是跑得快了。记得那年老公在山上开了四亩荒地，满地的土块。两位双胞胎侄子就帮我们一起在荒地里打碎土块儿。山风从耳边吹过，吹得人的头发都乱了，脸上也沾满了尘土，但是那个时候我们都挺快乐。他们俩兄弟边打土块边唱歌儿，《信天游》被他们唱得婉转动听，相信那漫山遍野的植物都听到了他们那悠扬动听的歌儿，后来我们还在山里挖锅锅灶烧洋芋吃，那洋芋的味道至今是回味无穷！

　　侄子还帮我们背过麦子，挑过水，锄过地里的草……他四婶家的麦地里有他扶过播种机的身影；他二叔家的地里有他拉过牛的脚印。记得在他离开的头一年秋天的一个周末，他把同学领来帮我们家挖洋芋。那天是个好天气，天蓝云白微风轻吹，地边的野菊花开的灿烂。但是侄子却不怎么精神，他挖几下便要休息一会儿，再挖几下再休息一会儿，看起来挺乏挺累的样子。那时他可能已经得病了，只是我们没有发觉而已。

　　后来他病倒了，他说他腿软，腰里没劲，走起路来都吃力。于是，大哥带他去了县医院检查，电话来说是肺炎，还有几项检查没出来。

　　第二天，我和大嫂从家里拿上洗脸盆、暖壶等日常用品坐上去城里的班车去医院。化验单出来了，嫂子和大哥去取了。我坐在床边守护输液的侄子。侄子的脸仍然蜡黄，一副病快快的样子让人非常怜悯和疼爱。我问他哪里不舒服，他说，就是腿软，腰无力，走不动路，吃东西也恶心。他是我看着长大的孩子，和自己的孩子一样疼爱。我一手抓着他那瘦瘦的手，一手摸着他冰冷的额头，心里祈祷着让他快点好起来，也希望不要再检查出别的什么病来。

　　事情往往不遂人愿，大嫂把化验单取来了。她把我叫出病房哽咽着对我说，侄子得的是尿毒症，已经晚期了。大嫂的眼泪如屋檐下的雨水，一串接着一串。我不相信会是这样的病，因为我可爱的侄子才十八呀，这么年轻怎么会得这种病呢？我带着眼泪，带着疑问，带着化验单冲进了医生的办公室去寻问。医生遗憾地告诉我："已经是晚期了，这里无法治疗，你们去大医院试试看吧……"大夫的话语如一把利刀插入了我的胸口，使我疼痛不已，走路也摇晃了。他的那一句"试试看"等于是说我们的孩子已经治不好了。

不管怎样，只要是有一丝希望我们是不会放弃的。第二天一大早，我们凑了些钱，目送着大嫂和大哥搀扶着侄子坐上了去银川的班车。我们希望，在银川不要检查出是这个病，我们希望他能在银川得到更好的治疗，我们希望侄子能活蹦乱跳地回来。但是，银川的检查结果和固原一样，无法治疗。

大嫂他们带着失望，带着侄子回来了。回来之后又去了趟西安，但还是无法治愈。之后又两次住进我们本地的市人民医院。病急乱投医，我们用药方偏方，讲迷信等很多方法来想维持侄子的生命。但是，病情还是一天天的恶化，而且恶化得特别快，让人始料未及。从西安回来，侄子就再也起不了床了，更吃不了多少饭了。在市医院，他的鼻血慢慢地，不停地流，我们用纸擦了一遍又一遍……看着侄子可怜的样子，我们的心里都在滴血！

在守护他的那些日子里，看着他被病魔折磨着，我们却无能为力，我们谁也不能代替他的疼痛。我们多么希望奇迹能出现，多么希望他能站起来，能痊愈。我们的泪水白天流晚上流，却没有什么用。在检查出病仅一个月后，我可爱的侄子永远地离开了我们。

按理来说，这么好的侄子应当是长命百岁的，侄子走了，他把他的善良，把他的勤劳，把他的可爱，把他整个人留在了我们的心里！

水的记忆

　　水是生命的源泉。花草树木需要水，人类生存更离不开水。小时候也就听人这么说，但是，我没有深刻地体会到里面的道理。长大了才明白水对人类的重要性。

　　小时候我们家吃的水要到很远的地方去拉。拉回来的水也是节省着用。洗菜水澄清了洗锅，洗锅水攒下来给狗烫食或者饮牛羊；洗澡水盛下可以洗衣服。所以，即使如今水龙头拧开水哗啦啦地流出，我也是很节约用水的。

　　记得，很小的时候家里很贫穷，一年种的庄稼不够吃到下一年，还老是借别人家的粮食吃，有时候还得饿肚子，更别说是穿的衣服和零花钱。妈妈经常到集市上给我们姊妹几个买旧衣服穿，有时候把大人的破衣服挑没破处裁了做给我们娃娃穿。在那个贫穷的年代就连水都是缺的。鹰鸽嘴，是生我养我的地方，村子依山而居，住着上百户人。桃树、杏树漫山遍洼，柳树、杨树环绕着村子。前面是一个小平川，川里种着各种粮食。夏天是非常美丽的，金黄色的麦浪，碧绿的玉米苗，紫红色的胡麻豆，白色的洋芋花……这么美的村庄，这么好的地方，唯一的遗憾是没有饮用水。

　　我们吃的水是在村子后面三公里以外有个叫"海湾子"的河谷里，那里就是当年解放固原有名的任山河战役血流成河的地方，任山河烈士陵园就建在它的下面。原来的大河早已干涸，唯独在"海湾子"靠山根的地方渗出一股水汩汩地流着。老人们把它叫"海子水"，有的称它为"安水"（渗出来的水）。每年夏天，河水顺着河床温柔地，欢快地，潺潺地流淌着，清澈见底。还有小鱼儿（泥鳅）在水里游来游去。村民们就在渗出水源的地方挖个大坑，用大石块垒起来封住顶子，人们就吃这大坑里蓄的水，大家都把它叫"泉水"。

　　因为，吃水太远，用小铁桶去挑水一次也挑不了多少，父亲就买了个大铁桶放到木制的架子车上拉水。这个大铁桶可以装两大缸半的水，也就是十担水了。父亲闲时或者在家时都是他带着哥哥和大姐去拉水，因为水装上车子就重了，父亲一个人是拉不动的，也不可能拉回家了，哥哥和大姐是要帮父亲推车子的。我年纪小推不动车子，嚷着要跟去玩，父亲很无奈的就带我去了。由父亲拉着车子，我们三个有说有笑地跟在后面。走下我们家门前的那两条小土坡。向东，走过村子里的两个大场（是村民们辗麦子用的大场），走过清真寺，走过飘着果香的好大的两个苹果园边绕过鹰鸽嘴的嘴头，向北再走过村子后面那些绿油油的庄稼地。然后，再向西走一段没有人住的荒芜路段，这段路如果一个人走会觉得有些害怕和寂寞。最后，才能到打水的泉边。大姐和大哥用瓢往小桶里舀水，父亲把小桶里的水吃力地提起来，一桶一桶小心翼翼地灌进了大桶里。我就在河边捉小鱼儿玩，鞋子弄湿了，裤腿也弄泥了，姐姐他们边灌水边喊让我不要太淘气了。好大一会儿工夫，大桶里的水终于装满了，父亲累得满头大汗，哥哥和姐姐也嚷嚷着胳膊都酸了。这时我的收获也不少，瓶子里已经捉了好几条小鱼儿了，高兴得嘴都合不拢。姐姐把我叫到她跟前，帮我擦了头发和脸。并说："看把脏脸洗净了乖吗？"她还帮我把鞋子和裤腿上的泥用石头刮净。这时父亲也缓好了，我们也该回家了。父亲在车辕上吃力地拉着灌满水的车子，姐姐和哥哥在后面使劲地推车子，车子也被水桶里的水压得咯吱咯吱地响。而我，手里拿着瓶子小心地跟在后面。到了家门口的坡底下车子是拉不上去的。有时候套牛拉，有时候喊上几位邻居和妈妈一起推车子上坡。水拉到院子里，拉车子和推车子的人都累得心咚咚地跳，嘴张开大口大口地出气，额头也冒出汗珠子了。到了冬天，地下的水渗入泉里，泉里的水依然清澈见底。水渗满以后还是慢慢地，缓缓地，流向外面顺着河滩流下去，远处被冻成了冰。而泉里是冒着热气的，薄薄的一层像雾又像烟，会让人觉得有一丝丝的暖意。水装满以后，大桶外面溢出的水和架子车上的水都被冻的结冰了，小桶外面也结了厚厚的一层冰。水拉回家大家的手都冻麻了，姐姐的红围巾也不怎么管用了，脸冻紫了，耳朵冻红了，身上却流着汗。

架子车拉了几年的水，家里的条件好了点，父亲买了台拖拉机，以后拉水就用拖拉机了。拖拉机真是太给力了，一次可以拉四大桶水。父亲在拖拉机上放上自家的两个大桶，周围的邻居也常常把他们的水桶放到我们家拖拉机上和父亲一块去拉水。当然了那是一点报酬都没要的，那时候虽然贫穷，但是村民们都是勤劳的，朴实的，憨厚的，都是你帮我，我帮你，快乐地生活着。要是下雨天，妈妈和大姐就拿出家里的水桶，做饭用的大锅，还有盆子……反正是能装水的所有东西都放到屋檐下，让屋檐雨水滴进去，滴满了倒进缸里当饮用水。叮咚，叮咚……多么美妙的声音。雨水滋润了庄稼，浇灌了花草树木，还给人们带来了甘甜的饮用水。人们听着那"沙沙"的雨声，和"叮咚，叮咚"的滴水声，心里像喝了美酒似的也醉了。冬天，当雪花落了厚厚的一层时，大姐和妈妈挑干净处用瓢把积雪轻轻地刮进水桶里，再倒进大缸里，等雪融化成水，可以做饭或者洗东西。

我们村子西边的邻村，有个叫"杨洼"的村子，他们的山脚下有一眼泉，离我们有两里路。但是，那个泉里的水不多，水渗的也慢。当大人们忙于农活家里实在没水吃时才去那里挑水。大姐挑上两个水桶，我和二姐用木棍抬上一个小桶。在泉边眼巴巴地瞅着，等着，等水渗出来多了舀进桶里，得好几次才能舀满桶。在这里等水就得一个多小时，我们把水担上得在路上休息好几次才能到家。肩膀被压得红红的，而且也酸疼酸疼的。有时候舀的水是浑浊的，回家在桶里沉淀几小时才能饮用。村子西边十多公里处有个水库，这个水库里的水是用来灌溉下游所有村子近十万亩农田的。每年到干旱季节水库就开闸放水了，它的主渠道是经过上游好几个村子再从我家门前的坡地下经过。这时候，我们也就饮用这里的水。当然，这也得渠里的水淌上十来天后人才能饮用，也就是说把渠里的脏东西冲走，冲干净，水也清澈了，才担回家饮用。这样的水我们最多也能吃两个月左右吧。要是水库里的水放干了，我们也就没水吃了，还得跑到老地方拉水吃。对于现在吃自来水的人来说我们那时吃的水是脏的，可对于我们缺水的人来说，那些水是纯净的，是干净的。只要眼睛不见脏的东西，没有怪味它就能吃。老人们经常说"水流百步自净呢！"

　　记得我跟着大姐在渠边挑水饮牛。当时大渠里的水有二尺多深吧，水很是浑浊，颜色是土黄的。我在渠边调皮地跑着，一不注意脚下一滑掉进了水里，然后就什么都不知道了，等醒来时已经在家里的炕上躺着。后来听大姐说她看见我掉下去，急的什么也没想就跳下去了。她说看见我的头发在水里漂，别的什么也看不见。她顺着头发漂的那里一把抓起了我，然后把我使劲地推上了渠边。她还说要是水再稍微大点我们俩可能都被水冲走了，当时都把她吓哭了。所以，我的命是大姐救的。

几年以后，国家对我们南部山区人民的生活饮水问题很是重视，随机也来了"惠民工程"。政府负责找水源，购置水管，并且安装水管。村民们就负责挖管道，大家别提有多高兴了，就算多挖点都无所谓。一米多深，几千米长的管道在村民们齐心协力奋战下几天就挖成了。好多村子也都通了自来水，自来水通到村民的院子里，厨房里。当父亲拧开水龙头，清澈的水哗哗哗地淌进大缸里时，别提家里人有多高兴了，像捡到金子一样的高兴。爸爸激动地说："这得感谢国家，感谢党，感谢政府让咱们吃到了这么清甜的水。""惠民工程"结束了好几辈人缺水，担水，拉水的历史。

现如今，随着党和国家退耕还林政策的不断实施，随着人们对生态环境的持续保护，气候环境越来越好，当年那股泉水渗出的上游河床已流出了清澈的河水，河床两边绿树成荫，山上的植被郁郁葱葱……但是，水的记忆却深深印在了我的心里，永远不能忘记！

看电影

同事说晚上小西湖有露天电影，要约我一起去看，我欣然答应了。因为看露天电影已经是二十几年前的事了，我想重温一下那种感觉。

吃完晚饭，我和两位同事经过二市场巷向右拐不远就到了放电影的地方。时间还有点早，放电影的同志正准备搭银幕，于是，我们决定去小西湖公园转转。小西湖公园很是美丽，绿树成阴，湖水碧波荡漾，荷花微舞。鸟儿还在尽情地唱着歌，眷恋这美丽的黄昏不愿早早地归巢。此时夕阳西下，余晖洒在树林里，在微风的吹动下射出一缕缕闪闪的金光，让这里更迷人。这里人很多，有情侣、有老两口，也有一家几口的……他们有的散步，有的坐在长凳子上聊天……很是惬意。小西湖广场更是热闹非凡：有三拨人在悠扬音乐的伴奏下跳着婀娜多姿的舞蹈。有跳绳的、唱歌的、踢毽子的，还有小孩欢笑着追逐着，真是个活动的好场所。天渐渐暗了下来，城市的路灯已经开启。许多建筑物上的彩灯闪耀着不同图案的光芒。小西湖也到处都是色彩斑斓的灯光，柔和、绚丽。可能这会儿电影也放映了吧？我们赶紧前往电影放映处。

银幕果然搭好了，是用简易的铁架子拧螺丝撑起的。记得小时候的电影屏幕是挖两个坑把两根长椽栽稳当，用绳子从幕布的四个角有洞处穿过，然后绑在椽上，这样银幕就搭好了！相对来说现在的搭建方式更轻便简单，容易多了。现在放电影更是简便，用的是投影技术。放了个像 DVD 机一样的东西向着银幕对准，遥控器一按就开演了。记得以前放电影是要用胶带盘子架机子上转动放映的，播放时，一场电影要断好几次。

我看了看周围，人不多就二十来人，多数都是老年人。记得小时候大队院里一年也放几次电影。几个生产队的人携家带口，抱着小的领着大的，拿着自己做的木制小凳走上几里路去看。那场面，真是黑压压一片有上千口子人，大家都是那么的专注、投入地看着，生怕落下精彩细节。回家时夜已经很深路上的人浩浩荡荡，大家披着月亮戴着星星，兴高采烈，说说笑笑地边往回走边谈论着电影的剧情，那种情景至今让人回味无穷……算了吧，还是不回忆以前了专心地看电影吧！《速度与激情7》好莱坞大片，剧情是惊险刺激，画面清晰。就是人们没有那时候看电影的那股子热情劲了。

是啊，随着时代的变迁、社会发展飞快！在短短的三十几年里，人们从柴油灯到通电照明；听着屋檐下的小喇叭到黑白电视、录音机、电话，发展到今天的智能电视、电脑，智能手机，无线网络。人们随时随地想看什么就看什么，看自己所喜爱的电视节目。出个好电影人们也愿意花几十块钱买张票去电影院看。3D 电影更是好看，让人感觉身临其境。所以，露天电影不知不觉地退出了人们的生活。偶尔公园放露天电影，少数人去看一看，大多数人都是去公园散散步开开心的。

我怀着愉快的心情看完了电影，仿佛一下子年轻了，一下子回到了儿时的情景，徜徉在乡间的小路上，拉着姐姐哥哥的手欢快地走回家里……

家的变化

　　记得小时候家里很穷很穷。穿的衣服是母亲从旧衣服摊子上一两块钱买来的，还时常补丁摞补丁地穿；吃的水是从几公里远的地方用大铁桶拉来的，就这还得在水泉边等上好几个小时；灶火里烧的是胡麻柴、蒿子秆或者是父亲从十公里以外的山里砍的柴；煨炕用的是从各个山头里扫来的枯草叶和树叶；吃的就更别提了，虽然家里有七八亩田地父母苦心经营着，但是由于产量不高打的粮食也不多，我们时常饿着肚子，玉米面是我们的主食，白面也只有尊贵的客人才能吃得上。青黄不接时，父亲会向村上光景好的人家借上几袋玉米吃，等粮食收了再给人家还上。当然了，那时候村子里光景好的人家也就那么几户。那时候我只想着什么时候才能够美美吃上一顿白面长饭呢？

　　后来，村里来了两位农机站的叔叔，说是要到我们村里种实验田。父亲亲热地把他们带回了家，母亲把最好吃的白面长饭给做上，他们在我们家的自流地里指导着种了两亩薄膜玉米。那时候种薄膜玉米是件非常费事和吃力的活。父亲吆喝着一对瘦骨嶙峋的老牛，扶着犁在长长的地里犁上三个来回，然后前面两个人把犁过的地平整好，中间一个人在整好的地上点玉米种子，后面一个人滚薄膜卷，两个人在薄膜的两边上压土，就这样才能压好一行薄膜纸。而压两亩田的薄膜玉米得用整整一天的时间，还把人累得筋疲力尽。那时候的我干着最轻

142

的活就是点种子，到了下午我的两条腿由于长时间蹲着被压得走路都瘸了。哪像现在旋耕机一会儿工夫就把一大块地旋软和，铺薄膜的机子一天能铺四五十亩玉米地呢！

实验田种上了，种上了农机站同志的希望，种下了父母亲的希望，也种下了全村人的希望。在农机站同志的指导和父母精心的种植下，果然玉米取得了大丰收。它不仅产量高，而且秸秆也高。由原来的一亩地打三四百斤玉米一下子上升到了打一千斤左右。秸秆也可以多喂些牛了。实验田成功了，农机站的同志带着成果喜悦地走了。父母高兴的脸上乐开了花，今年孩子们能吃饱了，再也不向别人家借粮食了。乡亲们也高兴了，因为明年他们也会种上薄膜玉米，也会有好的收成，好日子就在眼前了！

由于薄膜玉米产量高，我们古城山川的人都大面积种植上了薄膜玉米。农科所还推广了一个叫"白秃子"的小麦品种，产量由原来的亩产两百斤左右上升到了六七百斤，解决了人们温饱问题，吃到白白的长面再也不是奢望了。还把剩余的粮食卖了换成钱补贴家用。

村里也通上了电，煤油灯被淘汰了。记得通电以后父亲做的第一件事就是赶紧给家里买了台鼓风机，买了几百斤炭。母亲说这东西太神奇了，插上电就能吹风烧火。其实，最高兴的还是我了，跳跃着拍着手说："太好了，太好了，以后不用我坐在灶头边'啪嗒，啪嗒'地拉风匣了，额前的头发再也不用被灶火里猛然喷出来的火烧焦了。"

哥哥也出去打工了，一天八块钱不错的收入呀！回来不仅给父亲一些钱，还给家里买来了一台录音机。插上电就会闪着彩色的灯，李玲玉的《情网》，迟志强的《铁窗泪》……好听的不得了，我们还常常跟着录音机歌唱。哥哥也给我和二姐一人买了双黄色的上面有绿色花的球鞋，那是我穿的第一双买来的鞋子，别提多高兴、多喜爱了。穿上跑邻居家转一圈，为的就是炫耀一下！村里有那么几户人买上了黑白电视机，也有十四英寸的，有十七英寸的。每到晚上村民们就像看电影似的去有电视的这几户人家看。有时候房子里人多的坐不下，他们便把电视搬到院子看。后来父亲也给家里买了台十四英寸的黑白电视，我们再也不用跑邻居家看了。在村里人的帮忙下家里盖了三间土坯房，我们一家七口人再也不用挤两口窑洞了。

1992年我结婚了。我家门前正在修建宝中铁路，老公在工地上包了些砌石头的活。附近一些村庄里的人也在这条铁路上打起了工。三年时间，这条铁路终于修成了，传说中的火车终于见到了，它咆哮着疾驰而来，我们便兴奋又好奇地跑到大门口看，过来一趟看一趟，有绿车皮的拉人车，有银白色的油罐车，还有黑色车皮的拉煤车。老公因修铁路赚了一笔钱，买了一辆拉货车。跑新疆、跑南方，反正哪里有货就去哪里。日子越来越红火了！

1999年他带我去了一趟南方，南方是个好美的地方！有宽阔的高速公路，有高楼大厦，有漂亮的垂柳，就连农村都是水泥路，光滑而平整。好多人手里还拿着手机……而我们这里的路是窄的，楼是低的，并且也只有数得来的几栋，手机没信号根本就不能用，不过家里安着一部有天线有接收器的电话。南方转了一圈我非常感慨：南方虽美，却不是我家乡，我的家乡是个穷乡僻壤的地方！什么时候我的家乡会像南方那样好，那样美呢？

然而，令我没有想到的是在2005年，我们这里也修起了福银高速公路。它经过两年多时间在我们宁夏段的银川到固原通车了。福银高速是福州到银川国家高速公路网中东西纵向线的第14条，是一条贯穿东西的运输大动脉，也结束了我们这里没有高速公路的历史！

因为修高速路，我们家又赚了点钱。买了楼房，把孩子们也转到了城里上学。因为我们知道，知识能改变人的命运。而固原城在短短的十五年里也发生了翻天覆地的变化。新城、西南新区像一颗颗璀璨的明珠拔地而起，老城也盖起了许多住宅楼和商业楼，并且也改造得景色优美，到处都是绿树成荫，一派欣欣向荣的景象。许多老家的村民也富裕了，在城里买了楼房，孩子们也在城里上学。

居住在老家的人由于这几年政府的扶持与帮助，家家户户都住进了宽敞明亮的新房。父亲是建档立卡户，去年政府给父亲家扶持了三万两千元盖了房子。也拨了一万两千元盖起了牛棚。还养了七八头母牛，每头母牛补贴三千元。前些天回老家，父亲围着他的那些牛高兴的脸上乐开了花，说："现在社会好的，政府把咱们老百姓当事得很。给咱们扶贫这个，补贴那个，就连铡草机都补贴钱了，要让咱们每家每户都富裕起来呢……"

是啊，人们都富裕了，城乡建设日新月异，农村城镇化，城乡一体化……是党和国家改革开放的富民政策好呀！伟大复兴的中国梦正在我们这代人的眼里实现着！

那些流逝的冬日

早晨看见我们一号楼的户主们在群里嚷嚷屋子里暖气不热，冷。这便让我想起了曾经在老家居住时的冬天。

天亮了，屋子里冰冷冰冷的。躺在暖暖的热炕上，真是懒得起来，磨蹭一会儿，硬着头皮起床，一天的日子也就这样开始了。找几节玉米芯或者干树枝沾点柴油，在炉子里生起了火。炉子里的火苗慢慢地旺了起来，屋子里也就慢慢暖和了起来；接下来就是要去煨炕了，煨炕是妇女们每天早晚必须要做的事情。因为炕热了，坐在炕上或者躺在炕上都是非常舒服的，屋子里也就会更加暖和了。穿上厚厚的衣服，背上背篼，到储存柴火的破窑里，揽上半背篼晒干的牛粪，倒在炕洞眼里，然后一层一层，小心翼翼地用灰耙子慢慢地填进去。抱一捆胡麻柴或者麦草再填进去点燃，炕洞里顿时噼里啪啦地响了起来，火苗也蹭蹭地欢腾了起来，这样炕也就被煨好了。炕是煨好了，但人的手脚却被寒冷的清晨冻得麻木了。

牛羊听见人走的脚步声在圈里"哞哞""咩咩"地嚷嚷了起来。它们在提醒主人，可别忘了喂它们啊。女人们进屋，像冰块似的手伸进男人的被窝里，搭在男人的脊背上，睡意蒙眬的男人们顿时被冰得打了个颤，同时也被惊清醒了。他很气愤地骂道："冰死我了。"并且一个骨碌爬起来，还想试图打女人一下。当然，那并不是真的要打，女人却"哈哈哈"地笑着跑开了。并且喊道:"赶紧起床,牛羊饿得叫唤呢。"然后她便给孩子们穿衣服、收拾屋子、准备做饭。男人们提上一桶水,端上一盆子料面,准备给牲口拌料了。草和料搅到一起用水拌好了,他们又开始铲牛圈里的粪。他们边铲粪,边观察牲口们吃食的样子。看着它们吃得津津有味,男人们心里便是一份安然和欣慰,更是舒坦。农家人把牲口看得比人还要重要。因为牛肩负着犁地的重任,还可以喂肥了卖钱;羊可以繁殖,可以卖钱来换取生活的必需品。它们可关系着一家人的生计问题。

家家户户的烟囱里都冒着烟,有蓝色的、有灰色的还有白色的。村子里被这人间的烟火顿时笼罩了。笼罩着的不仅是这烟囱里的烟,更有浓浓的食物味儿。谁家在烙馍馍呀?味道这么香!谁家在做莜麦面糅糅?味道这么浓呀!谁家炉子里的洋芋烧焦了?一股子的焦味道。

狗汪汪地叫着;喜鹊在枯树枝上雀跃着,"喳喳喳、喳喳喳"地欢唱着。农家人有一句话说:"喜鹊门前叫,今天客必到。"还说:"亲戚来了,福来了。"可见他们是多么好客。他们对来的每一位客人都是热情招待。最好的热茶泡起来,最好的饭菜端上来。

农家人冬季一般一天只吃两顿饭。十点到十一点之间他们的早饭吃完了,村子里也就热闹了起来。路上的行人也就多了起来,有男人女人的说话声,有挑着水桶的咣当声。他们开始为一天的吃水做打算,河那边有一眼清亮亮的水泉,水泉里冒着热气。男人女人们耐心地等待着,他舀一担水走了,她也舀一担水走了。有几人在等待之时,冷得跺着脚,同时也聊着天。到家了,水桶的边缘上结了厚厚的一层冰。他们的脸被冻得通红通红,耳朵疼得像是快掉了似的。但她们的身上却被这担沉重的水压得流着汗。这也算是冬日里的最热的时候吧!

有人赶着牛羊到河里来饮。有时候牛羊不听话,从上河跑到下河,从水浅处跑到水深处，有的干脆也跑到冰上好像要溜冰似的。这便惹来了赶牲口人的怒骂："哞食，它这么大怎么这么不听话，到底乱跑的啥？"同时也会听到清脆嘹亮的鞭打声。他们的鞭子一般都会落到地上，发出清脆悦耳的声音。他们也只是吓唬吓唬牲口而已，怎能舍得真的打它们呢？

还有那么两三个勤快的老年人提着笼子，拿着铁锹，在牛走过的地方拾牛粪。他们有时拾起来的是冻得硬的跟石头似的牛粪，有时候拾起来的是冒着热气的牛粪。他们满载而归时，也是满心的欢喜。他们把拾回去的牛粪用黄土掩埋住。等春天来了拉到地里上粪。农家人也是把土地当作命的，更会细心的照料，因为土地养活着他们祖祖辈辈的人。

孩子们也趁着这会儿不太冷便欢腾了起来；有的在雪上溜着冰，有的在冰上尽情地打着毛牛（陀螺）；有的孩子却趁着大地一片雪白来捉麻雀。一根木棍支撑起一个筛子，木棍的另一头拴上绳子。在筛子下面撒上秕谷，饿了几天的麻雀看见食物，便迫不及待地，从光枝条上飞下，想着能美餐一顿，却不知钻进了孩子们设的圈套里。孩子们远远地将绳子猛地一拉，木棍随着绳子跑了，筛子也就扣住了，下面是数十个麻雀呀，真是不小的收获。孩子们雀跃了，他们终于能吃到肉了。这些麻雀便是孩子们冬天享受的最美味的食物了。

女人们闲暇了，相互串起了门子。她们三三五五地坐在热热的炕上做起了针线活。她们纳的鞋底既坚硬又平整，上面有三角形的图案，波浪形的图案，还有菱形、梅花形的图案；她们沿的鞋口，针角小的几乎是看不出来的；她们织的毛衣也是五颜六色的……她们还拉拉家常，说谁家的女子漂亮，说谁家媳妇子能干……她们还时不时地开着不大不小的玩笑，说一些男人和女人之间脸红的事情，惹得满屋子里的欢声笑。这爽朗的笑语，笼罩了寒冷的冬日。

男人们聚在一起，围在旺旺的火炉边玩起了扑克牌。有掀牛的人、有打红四的人，还有打升级的人。他们有时候会赢糖果，有时候会给输的人脸上贴纸条。赢糖时，满屋子都是蜜糖味儿。女人们嘴里吃着糖，小孩子们手里拿着糖，满地满院子扔的都是糖纸。脸上贴纸条时，赢来了满屋子的欢笑声。反正他们怎么热闹怎么玩，真有点像过年时的热闹。

时间在不知不觉中度过，转眼间已接近黄昏了。男人女人们便朝着各自的家里匆忙走去。回家后，老人的脸子拉得好长。女人们看见便偷偷吐舌头，低下头，不声不响地箭一般快地做饭去了。男人们得飞奔去给牛羊添草了，否则肯定会挨老人的批评。

有人站在大门口满嗓门地喊着自家的孩子："索菲亚哦索菲亚。麻乃子哦麻乃子。饭熟了，回家吃饭了！"这声音非常嘹亮，飘荡在村子的上空，回旋在每个人的耳畔，也伴随着夜幕悄悄地降临。

一天的日子在这浓浓的饭香味中结束了。星星和月亮把这寒冷的冬夜装扮得如此的靓丽！

停电之后的美好回忆

　　五点半的闹铃响了，又把我从睡梦中叫醒了。还是瞌睡，懒懒地睁开眼睛屋子里黑糊糊的。伸手把床头灯打开，那洁白而又柔和的灯光一下子洒满了整个屋子，使得屋子里的家具明光发亮。我又躺了一会儿，看了看表六点二十，赶紧起床洗漱，到上班的时间了。黎明的天还是灰蒙蒙的，下着丝丝细雨，路面湿漉漉的。清风伴随冷意，给人来了个透心凉，禁不住打了个冷战。小区里的圆形路灯还亮着，像一个个夜明珠给人们照着亮。骑上自行车看到马路两旁高低不等的建筑物上的灯闪烁着五颜六色还带有图案的光芒，它们倒映在这湿漉漉的水泥地面上，虽不是清晰分辨，但也足够色彩斑斓。整个城市都笼罩在这种绚丽的光芒之中，非常美丽，给这秋天的早晨多了道风景，也增添了些暖意。当然，这些美好都来自于电的好处！

　　到了单位，虽是天亮了，但是灶房里的光线还是有点暗。打开灯，一下子亮了很多。灶具在灯光下明光发亮，洁净而整齐。一边穿工作服，一边把盆子放在水龙头下面接热水。我把抹布放进热水里面浸湿，刚才被冻的冰冰的手，顿时变得热乎乎的了。然后用抹布挨个抹了一遍锅灶。再接两电饭锅热水，一个锅是熬小米稀饭的，一个锅是熬八宝稀饭的，然后插上了电源。这时候，两位同事也来了，相互打了招呼问了早安，就开始工作。还都是老样子，谁也没有分过工，但是，都又特别明确和默契地干起活来。小马揉蒸馍馍的面，她往发酵好的面里倒进去一些面粉，撒上些小苏打再倒点油然后用手揉。陈姐洗鸡蛋，蒸鸡蛋。我负责准备早上吃的两样小菜，一个是拌黄瓜，一个是拌三丝。当我们说说笑笑做早饭的时候，灶房里的灯灭了。再看看冰柜，冰柜的灯也灭了。难道是跳闸了？我和小马仔细检查了一遍电闸，没有跳闸。电费才交了一个多礼拜，也不可能是没电费了，估计是停电了。问了看门的大叔，他说，听说文化巷这条街今天一天全部停电。那怎么办？稀饭水刚开还没熬好，馍馍面揉好了没法蒸，鸡蛋也没法蒸，一切都瘫痪了。经理说没电早餐没法做，就不开灶了。他贴了张告示："今天停电一整天，无法开灶，请大家另行方便。"我们只好把面又放进盆子里等电来了蒸，稀饭也只能用盆子晾着。大家庆幸馍馍和鸡蛋没放到蒸车里，要不然做个半生不熟怎么办？因此，我们也放假了。

是啊！随着社会的飞速发展，电已经成为我们生活的重要部分。没有电的日子，生活好像无法继续。我小的时候，家里用的是煤油灯，也叫灯盏，是用一个棕色装药的玻璃瓶做的。把药瓶的盖子钻个比筷子粗的洞，穿上用铁皮卷成筷子粗的铁眼子，再给铁眼子里穿上用棉花搓的细绳子。绳子要搓松些，紧了不肯吸油。然后给瓶子里倒上煤油，盖上盖子。等棉花绳吸上油了再用火柴点燃。那火苗是淡红的，发的光也是淡红的，火苗的顶部还冒着香一样粗的一股黑烟，经常把人的鼻孔熏得黑乎乎的。稍有点风它可能就会被吹灭，还只能照亮炕大的一块儿地方，看我家窑垴里的东西还是黑糊糊的不清楚，这样的灯盏都没有现在的蜡烛亮。

妈妈经常在煤油灯下给我们一家五口人做鞋。晚上闲暇时，母亲开始在昏暗的柴油灯下为我们粘鞋底。先用纸剪个鞋底的样子，用面打些糨糊，把糨糊用筷子在纸样的边缘一周轻轻抹上，再把破衣服布片粘上。然后再在边沿上抹糨糊再粘布，就这样粘好多层，粘大概二厘米厚的样子再压在热炕上往干里炕。中间不抹糨糊的原因是面多了针钻不过去不容易衲鞋底。

鞋帮子就不同了，它薄，纸上面三层，纸下面一层。它整个面子都要抹糨糊，不然两张皮，软，不好拿着沿鞋口。衲鞋底的是用麻秆子上剥的皮，我们把它叫麻捻。再用一个小拧车子在手里绕着拧成一条细细的长长的绳子。拧车子在妈妈的手里绕着发出咯吱咯吱的响声，在我们孩子看来太神奇了，太好玩了。我也照着妈妈的样子做，但是拧的绳子是粗的粗，细的细，不匀称的。把这条麻绳的一头搓得像头发丝细的一小节，然后穿在针里，在中指的最前骨节那里带上顶针，然后顶着针向粘好的鞋底子里钻，一针一针地衲。

当然，如果嫁女儿做嫁妆就买来白线，粘的是纯白洋布的千层布鞋底。巧媳妇在鞋底上用平针和疙瘩针套着衲有花型的鞋底，有梅花的，有波浪的，有三角的，还有箭头块的……衲鞋底是个费事的活，费劲，也常常把针弄折。会衲鞋底的人用柔劲衲，不怎么折针。不会衲的人使蛮劲，衲得自己吃力不说还一直折针。衲鞋底就不用掌灯了，针角大，而且上面那层是白洋布粘的，坐在灯光边上就能看见。晚上做鞋帮沿鞋口就要有人掌灯了，因为鞋帮的面子一般都是用黑条绒粘的，而且沿鞋口用的布条是黑色的，黑了看不清楚。把黑布条用左手的拇指和食指紧紧地扣在鞋口的沿子上，再用右手针角放得小小的一针一针地沿。这虽然不像衲鞋底那么费劲，但是也个技术活，技术不好的话，针角不匀称难看不说，布带没扣紧会沿的皱巴巴的很难看。如果这样就要拆了重做。所以妈妈就要我掌灯了。

小孩子贪玩，会掌着灯乱动，有时候还不小心把灯弄灭了，这样妈妈拿起鞋帮子就朝我头轻轻打几下。然后我撅着小嘴不乐意的消停会儿。但是不哭，因为知道自己犯错了。幸亏沿鞋口的活晚上不怎么做，一般在妈妈干地里活干累了，休息的时候做，或是下雨天干不成农活的时候做。实在是没鞋穿晚上才赶工沿鞋口，晚上多半是衲鞋底。

烧火用的是风箱。风箱是一个长方形木箱子，里面的左下或右下夹角钉两片板子形成一个三角形或四边形的长槽，槽的中心留有风洞。前面的盖子竖钻两个洞按上两根光光的木棍，木棍的顶头在竖钉一个短木棍，做成拉手样子。把两木棍从洞里穿进去，穿到木箱子里面。再在箱子最后面装一块裁去一个角或小正方形的木板，木板上扎上鸡毛，然后盖上盖子，前后盖子上面还设置合叶门（进气闭气两用），把缝隙用纸糊住，这样一个风箱就好了。拉出风箱杆，然后再推进去……我常常拉风箱，一手拉风箱，一手往灶火里放干牛粪块，有时候塞的是胡麻柴。烧牛粪还好些，要是胡麻柴，不注意就会喷出一股火，把我前额的头发燎焦。臭美的我在镜子里面看到额头的头发焦焦的还卷曲着，认为很难看，见不了人，气得哭鼻子。妈妈会用手把我的头发捋一捋，捋掉前面烧焦的头发。然后说："好着呢，不要紧。"中午做饭时太阳直射地面，烟囱里的烟被太阳的光线闭住不肯冒出去，烟就会从灶火里冒出来，整个窑里都是烟，熏的人睁不开眼睛，一直流眼泪。嗓子里也被烟穿了，有种辣辣的感觉。耳朵也特别难受，这时候赶紧跑到院子里让烟朝外面冒会儿，等烟小些再进去烧火。哪像现在农村人用的鼓风机烧火，要多旺就多旺。城里人用的是煤气灶电锅做饭，又快又省时而且特别方便和干净。

家里通电时我还小，也没在家。回家听家里人说通电了，我看见窑中间的顶部线绳上挂着像葫芦的东西，妈妈告诉我这就是电灯泡。说墙面上有个绳子一拽这个电灯泡就着了。果然我一拽，灯泡真的好亮好亮，看上去很刺眼。它的光亮洒满了整个窑洞，窑垴里的东西看得清清楚楚，像白天一样亮，很神奇哦！我高兴地跳了起来，嘴里喊着："太好了，妈做鞋就能看见了，也不用我掌灯了！"灯泡亮是亮了，可是我不知道怎么才能灭，又问妈妈。妈妈说再拽一下绳子就灭了。我再拽了一下果然灭了。我问妈妈："妈，为什么拽一下就着了，再拽一下就灭了，不就是一个动作吗？怎么会亮，也会灭？"妈妈也说不出个所以然。就说："管它呢，能照亮就行。"为这个问题我纳闷了好长时间。

一个电灯泡就高兴得不得了了，然而值得高兴的事还在后面呢！渐渐地家里买了鼓风机，风箱退出了。一个村里就那么几户人买了十四英寸的黑白电视，也就能接收上两个电视台——中央电视台和宁夏电视台。大家晚上看电视就像看电影那么热闹，跑到人家家里去看。主人也不厌其烦地把电视搬到院子里让大家看，屋子里人多的坐不下。有的聚精会神地看，有的人刚开始还看不懂剧情就问旁边的人，旁边的人也会给耐心地讲解。《西游记》《水浒传》《红楼梦》……那时都是在别人家看的。尤其是《西游记》，全村的人为它痴迷。1992年结婚时，爸爸给我的嫁妆是一台双缸洗衣机，婆家买的是二十一英寸的彩色电视。在婆家和娘家的村子里也是仅有的一台洗衣机和一台彩色电视。我的婚嫁，在好多人的眼里是非常羡慕的。之后又买了录音机，插上电源，按上磁带，闪着彩灯唱着当时最流行的歌曲，童安格、郑智化、邓丽君等许多明星的歌非常好听，一遍接一遍地听，有时候我也跟着哼哼。为此，婆婆还责怪我费电了呢。

1998年，中国电信来到了我们村，当时安装费是1680元。老公向别人借了600元，给家里装了一部。白色电话的右上角有一根小拇指粗细的黑色天线，还有两个比电话还大的黑匣子。黑匣子的线连着室外用钢管绑着一个天线高高的支撑起来，很像电视的室外天线，它们都是用来接收信号的。插上电源就能打电话，能和远方的亲人聊天说话。电话的到来也就结束了用书信传递信息。大嫂家也装了一部，这两部电话在方便了我们通讯的同时，也方便了周围邻村的人。他们有事也经常跑来打电话，有的人把我们家的电话号码说给自己的亲人或者朋友，如果有重要事让打到我们家。2000年，老公去福建打工回来时在车站的座椅上捡到了一部手机，三星牌的。回来没法用，因为我们这里没有无线网络，手机对我们这里的人太陌生了，也只是在电视里能看到的东西。谁知刚过两年手机就成为了家喻户晓的通讯工具，现在发展到人手一部。一部小小的手机，它的功能何其之大，通讯、购物、娱乐、手机银行……它给人们带来了极大的方便。再后来就发展到电动车、电磁炉、电脑，还有发展到今天的电动汽车。人们的生活发生了翻天覆地的变化，居民生活都离不开电，国家建设也离不开电，工业发展更离不开电。电已经与我们的生活息息相关，密不可分，所以停电了，觉得一切都瘫痪了。

这次意外的停电，勾起了我无尽的回忆。人生点点滴滴竟在这美好的回忆里！

"喊叫水"的记忆

桃山岔路口往西我们走的是低速，这条低速路是通往兰州方向的。工地离这里有六十多公里的路程，旁边的高速路是青藏高速，老公说这条高速正在维修，我们干的活也正是在这条高速公路上。但是，这段高速路是上不去的，它的临时进出口不在这里。

我们顺着低速一直往西行。看惯了家乡的青山绿树，看到这里的景象实在是太荒凉了，生态环境也是差极了。

这里的山不像山，川不像川，在凸凹不平的大片沙土地上，长着一些很低矮的植物，这种植物属于被子草类，植物的叶子由于天旱被晒得奄奄一息，根本就没有了生机。走了好几十里路都没有看到什么高大植物。

我们的家住在六盘山脉的阴湿地带，那里的山是高的，到处都长着绿草和树木。有成片的松树针叶林、有高大的白杨树，还有许许多多的杏树。庄稼地也是一块连着一块的，有玉米、洋芋、麦子、胡麻等农作物。到处都显得浓绿，到处都是生机盎然。即便是大旱天那里也会是绿树成阴。可这里的生态和我们那里相比就显得死气沉沉，给人一种荒凉空旷，甚至有点凄惨、心酸的感觉……

这里的庄稼地是不平坦的，也是没有连成片的，这儿一块，在很远的地方又是一片，没有地埂，不方不正，全都种着瓜类。

这里盛产着闻名全国的硒砂瓜。所谓硒砂瓜就是在原有的土地上，铺上一层厚厚的小石子然后再种上西瓜。由于这里特有的土质再加铺上石子保墒的作用，种出来的瓜个大，吃起来瓤沙还非常的香甜，所以销往全国各地，受到消费者的青睐。现在看上去有的地里的西瓜第一茬已经摘过，只剩下稀稀落落像篮球那么大的西瓜还在生长。有的地里看起来一次也没有摘，很整齐的一行一行地摆放着。

听老公说为了让西瓜质量好，瓜农们一个蔓上只留一个西瓜，多余的瓜都被摘掉了。整齐的原因是瓜农在打理瓜时，顺着一个方向特意摆放的，也足以看出瓜农们的细致与辛劳。

这里也种着圆形的哈密瓜，这种哈密瓜外面的颜色和里面的颜色都是金黄，味道特别香甜可口。大多数哈密瓜已经被采摘，剩下瓜蔓在地里奄奄一息。因为今年特别干旱，听说这里的瓜减产了不少。

车子行驶了近三十多公里，经过了一个叫作"喊叫水"的地方。这让我想起了十多年前在电视机里看到的一个短片，主要是反映这里的生态环境差，非常缺水而导致这里的人们特别贫穷。短片的大致内容是：喊叫水这里有一个未过门的姑娘要去城里未来婆婆家做客，没有衣服穿，就向邻居借了件旧衣服。也没有什么像样的礼物给未来婆婆家带，觉得水是他们这里最稀罕，最贵重的东西，就给未来婆婆家灌了两瓶水带上。结果到了未来婆婆家，未来婆婆家却有两口大水窖，窖里是满满的清凉凉的水。回家时未来婆婆用瞧不起的眼神，把那两瓶水原封不动地给了这位姑娘，让这姑娘回家先把脸和脖子洗干净，也就等于这个亲事没有成！

喊叫水这里原先是属于同心县，同心县是干旱地区，那里年降水量少，导致生态环境差，山上一年四季光秃秃的，特别荒芜与凄凉。以前我大姑姐家住在同心县的一个农村，我去过好几次。那里年降水

157

量特别少，种十年庄稼九年不成，生活条件相当的艰苦。他们主要是以拾发菜和外出打工来维持生活，他们吃的是水窖里的水。

窖水就是下雨时把地面上的水收集流淌到一个大窖里，慢慢地沉淀成清水，取掉上面的漂浮物然后再饮用。要是遇到大旱，窖里的雨水被吃完了，就要开上拖拉机用一个大水囊到几十里以外的地方买水吃。

不过，大姑姐他们现在的生活条件好了太多，政府把他们那里的人统一迁到了一个地方，还给他们盖了新的居民点，房子非常宽敞明亮，还给每户人都安装上了自来水。那里后来也挖了大渠，把黄河水引进来灌溉农作物，现在他们那里也是一片生机，庄稼长得绿油油的。

当时看那短片时觉得这地方太穷，太缺水了所以一直到现在都记得很清楚。但是听老公说，"喊叫水"这个地方现在被划分到了海原县。这里的人也都在政府的支持与帮助下安装上了自来水，不过还是靠天吃饭，没有水来灌溉田地。不过硒砂瓜耐旱，适合这里的气候，大面积地推广种植给这里的老百姓带来了不错的收入。

日子一天天在继续，社会一天天在进步。国家把人民的生计当成首要问题来解决。用各种方式帮助人们脱贫致富，走上小康生活。危房改造、支持农民养牛养羊、免费发放太阳能热水器等惠民项目改善了人们的生活条件。所以，我记得这几十年里人们的生活发生了翻天覆地的变化。从原来的烂房屋到一座座的高楼平地而起，家家还都有了车……

这里的生态环境和当年短片里的景象相比好了太多太多。人民生活确实也都富裕了很多。家家户户都是红瓦白墙的大房子，窗户看起来很大也很敞亮。人们的穿戴看起来特别的讲究，看着很整洁鲜亮……

"喊叫水"成为了历史，也成了人们铭记在心里难以忘却的记忆！

老家的山更美了

我的老家在宁夏固原下青石村，这是个山区，这里的山又大又搞，山连着山，和六盘山脉贯通相连。

我曾经在这大山脚下生活了十五年。为了生计我去过深山里折过蕨菜，挖过药材，背过柴火，也放过牛羊。山里虽谈不上布满了我的足迹，但附近的每个山里都去过。

是啊，大山养育了我们这代人的童年与少年，养育了父辈们的一生。太爷爷那辈人，把山当作宝。山里不仅可以种地，还可以放牧，也可以砍柴，更可以采药……人们靠山吃山，大山赋予了一代代人的生计。

然而，由于我们这些大山里的人，一代一代的乱砍滥伐和乱挖，以及无限制地放牧，大山的植被遭到了严重破坏。到处都是牛羊踩踏过的痕迹。树木也越来越少，水土流失特别严重。降雨量也越来越少，河流已干了几条，生态环境也越来越差。因此国家在十几年前就实行了封山禁牧政策，并且还投资了大量的人力和财力用来植树造林。

山里的人也由于大山被封，牛羊不好养。年轻人便纷纷走出大山去各地打工谋出路。他们赚来的钱远比守着大山过日子来得更快更多。这不，我们家因为早在十年前外出打工来到了城里发展，现在，在城里生活的还挺不错。

十多年过去了，由于政府大力植树造林和封山禁牧，老家的山比以前更绿了，树木比以前更高大了。现在每次回老家都觉得那里的气候、环境要比城里好些，觉得老家的人也很亲切！

前几天和侄子他们相约带上家眷去曾经走过的，住过的大山里看看。于是，我们自驾往大山里进发。

这条山路是林业部门修的，一直可以通往大山的顶端。我们一进山沟，就看见两边山上的树木茂盛。有落叶松、樟子松、油松等，它们排列紧密，显得郁郁葱葱，苍翠无比！还有一大片一大片的梢子林在阳光的照耀下明艳动人。山草的味道随着清风扑入鼻内，沁人心脾……几个侄子的孩子们伸着脖子看着大山，兴奋地大喊："好大的树呀，好大的山呀，好美呀……"因为城里的孩子从来没有去过大山，也没有见过这么高大浓密的植物，所以特别新奇。

我们穿过沟底的林荫道，攀上弯弯曲曲的山路，看着密密麻麻的林区，走了一个多小时来到了山顶。从这里看山，可以看到它们山连着山，山抱着山，重重叠叠壮景。而且到处都是郁郁葱葱，青翠欲滴，一眼望不到边的绿。

山顶上的路这些年真是花大力气修筑了，原来只是羊肠小道。现在却修得很平坦，也算得上是四通八达，小车从这个山头上来，也就能从别的山头下去。我们从这个山头开往那个山头，又从那个山头开往另一个山头，走走停停，时不时地停车下来欣赏这里美丽的景色。欣赏着举手可以摸到的蔚蓝的天空和像棉花团一样轻盈、洁白的云朵；欣赏着每座大山里的绿树和草丛，并且和它们相拥相抱。侄子媳妇们采一些野花编个花环戴在头上，如花仙子下凡人间认真聆听满林子鸟儿们歌唱，歌声清脆、婉转、悦耳；听着山风吹过打着口哨，觉得一切很美，很美！

大侄子望着这重重叠叠的山峦感慨地说："十多年没有上这山了，十多年没有放羊了，这里的树比以前更加茂密了，林子也更大了，风景更美了，真是美极了！"

　　他还指着左边的山对他媳妇说："那里原来都是咱们种的地，后来退耕还林被栽了毛桃树，你看毛桃树都长那么大了，春天那一片山洼全是桃花，从老家那里望，粉粉的非常漂亮！"

　　三侄子指着右边阳洼里的山说："那里当年只是草山没有树木，我小时候还在那里放过牛呢，和村子里的孩子一起挖过锅锅灶烧过洋芋呢，现在你们看那里的松树都长多高了。还有那边，好像是今年刚栽上去的松树。可见政府对环境改造下了血本，花费了不少人力和财力……"

　　老公坐在山卯上望着大山，意味深长地说："变化真的好大呀，前些年这里的山虽然养活了我们，但是植被也被我们破坏了许多。没有现在的山这么绿，树木也没有这么茂盛。到处都是人走过的小路，牛羊踩踏的痕迹……但是这几年由于政府封山禁牧和大力的植树造林，山上的植物比以前多了，也比以前绿了，而且也更美了！咱们这山都成了免费观赏的风景区了。"

　　他还指着远处的村庄对我们说："你们看出来了吗？那里有着许多红瓦白墙的就是咱们村，咱们村的人在自己的努力和政府的帮扶下现在都富裕了……"

　　我，也看着这美丽的大山，看着远处那欣欣向荣的村庄，想着那些年在山里生活的日子，虽是艰苦但也是人生中一段最快乐的时光。现在虽是日子过得不错，可钢筋混凝土的楼房把人都禁锢了，邻里之间互不走动，没有老家人的热情和友好！空气也没老家的新鲜……

　　我，怀念着大山，怀念着几家人曾经在一起种地，一起吃饭，和村庄里的人一起生活的快乐时光……

　　我想，等我老了，我一定会回到老家，回到这大山的怀抱来。去享受这里青翠的绿，呼吸这里新鲜的空气，看这里蓝蓝的天和洁白的云，还要种一片菜地，和左邻右舍一起聊天，和老公一起徜徉在多梦的大山里。

记忆深处的草

记得很小的时候，家里养着一头老黄牛，那头牛并不是很肥大，是和别人家的牛配成一对用来犁地的。那时候养两头牛的人家是很少的，一来是没钱买牛，二来是牛多了没草喂。

我们家在一个川区，川区里的地少，多数种的是小麦，其次就是胡麻、洋芋还有玉米。玉米并不多种，玉米草不像现在的地膜玉米草那样粗而高，玉米的产量也不高，我们大多是用麦草来喂牛。我们把麦子割了拉到一个全村人共用的大场里，垒成麦垛，等晚秋闲暇时来碾。碾完麦子，把长长的麦草垒成大草垛，用来冬春时喂牛。夏天和秋天喂牛的草是用家里种植的一亩苜蓿和山里或者地埂上割来的野草。

农人冬天是比较清闲的，干得最多的活儿就是喂牛铡草。找一个晴朗的，无风的礼拜天，母亲带着我和哥哥姐姐们，跟着父亲装着铡刀、麻包、背篼扫帚的架子车去大场里铡草。父亲和母亲把麦草从草垛上费力的一点一点撕下来，撕好大一堆后便开始铡草了。哥哥和母亲轮流着铡草，父亲坐在铡刀边向铡口里擩草。由于麦草太干不好擩，擩不好不但铡不了多少草，还会把手铡了，这个技术活儿当然得交给父亲，出力活交给母亲和哥哥了。大姐的任务是把草一抱一抱地递到父亲的跟前，便于父亲擩草。我和二姐就把铡的草装在麻袋里，等大家把草铡完一起拉回家，或者用背篼一次一次往家里背。我家离大场约有一百米，不算远，但是背得次数多了，我和二姐的肩膀就被背篼系勒得红肿，头发上沾满了草节。家里所有参与铡草人的脸都变成了大花猫的脸，脏兮兮的，鼻台上落了厚厚的一层黑尘土，衣服也早已落满尘土，回家洗脸时洗脸水都成黑色的了。每次铡完草大家都挺高兴，因为后面的十多天里终于不用干活了。如今父母的头发已经花白，腰也弯了，我们姊妹们也都有了自己的日子，那种一家人在一起干活的日子再也没有的了。

还记得三奶家的一位婶婶常用麦草烧火烙馍馍。这位婶婶中等个子，清瘦，相貌并不怎么，但挺麻利，也很干净，是个过日子的好把手。她常常背着背篼在大场的边缘，或枯水渠里扫风吹来的干草和树叶，用来烧火做饭。家里的树枝她舍不得烧锅用，粗树枝整齐的垒在一起，细树枝整齐的垒在一起，用来冬天生炉子取暖。她家有两小弟弟很可爱，我常常跑去她家抱着小弟弟玩耍，喜欢看小弟弟那憨憨可爱的模样。一次我去婶子家和弟弟玩，婶子在用麦草烙馍馍，我便帮婶子烧起了火。一把麦草放进去，麦草发怒了，猛然喷出，烧焦我前额的头发。臭美的我急得快要哭了，还说："这下头发烧焦，难看死了，叫我怎么见人？"婶子赶紧放下手里正在擀的馍馍，帮我把烧焦的头发用手捋了捋，然后安慰我说："焦头发捋完了和先前一样了，一点也不难看，不信待会儿去拿镜子看看。"

婶子的第一锅馍馍出锅了，她赶紧给了一个让我吃。用麦草烧火烙的馍馍皮儿黄亮，吃起来松软，甜滋滋的特别香。我坐在灶火旁给两位小弟弟掰着喂，给这个喂一口，给那个喂一口，自己也吃一口，这样一个馍馍不一会儿就被我们姐弟三人吃完了。觉得婶子烙的馍馍，是我这一生吃得最香的馍馍了，现在却再也吃不到了，因为叔叔和婶婶还有两位年幼的弟弟被无情的煤烟夺取了生命。对于弟弟的可爱，对于婶子用麦草烧火烙的那金黄色的馍馍只能留在记忆的最深处！！

　　大姐成家了，我常去她家。我们家那时日子是穷，但是大姐家的日子比我们家还要穷，就连麦草也是挺稀缺的。记得一次，大姐在灶火里生火时，用的是找来的纸板和木屑。大姐把火生了一遍又一遍还是没生着。我问大姐，为什么不拿麦草来生火呢？麦草不是很好生着火的吗？大姐回过头来一本正经地对我说："麦草是用来喂牛的，要是用麦草来生火，你姐夫看见会骂我的。"当时我想，就只用一把麦草生火，姐夫至于吗？却不知，那时姐姐家的日子实在是太艰难。这件事，直到现在我都记忆犹新。

　　大姐会常常背着背篼去地埂，去山上找草割来喂牛。大姐没在家时我觉得无聊，所以我也乐意跟着姐姐一起去割草。那晨风里，有过我和姐姐拿着镰刀在苜蓿地里的身影，那夕阳里有我和姐漫山遍野寻草割的样子。大姐去世时是2007年农历五月初十，她家的院子里有一座小草山，那是大姐前两天用绳子一捆一捆从七八里路以外的山里背来的。那堆草山在姐姐去世时还绿着，还有浓浓的青草味儿。看着大姐背的那堆草，看着屋子的地下静静地躺着的大姐，我的心是撕心裂肺地痛！我不知道，大姐是花了多少时间，费了多少力气，找着割了多少地方背了那么多的草呢？十二年了，那座草山却深深地、沉沉地压在了我的心底，至今想起疼痛不已，泪眼蒙眬！

　　我嫁的地方在一个山区，山里人地多，牛多，草多，人是比较忙碌，也挺累的。家里那时养着三头大健牛，还有十来只羊，吃起草来特别费。冬天还好些，有储存的麦草、莜麦草、大燕麦草还有干苜蓿草来喂牛羊，不用每天去割草。但是隔三差五的得用铡刀一点一点地来铡草，也是挺费事的。夏天就要每天去割青草了。庆幸，老公家种着七八亩苜蓿草，这样我们在山里寻着割草的日子是少了很多。

苜蓿地离我家有一里路，顺着路走得爬两道长坡，背苜蓿是特别费力气的。我们有一条相对来说比较平坦的路来走，那就是要从铁路桥的这一头走到那一头，约有三百米长，然后下一小坡就到苜蓿地。不过，走这条路是挺危险的。记得一次，我和弟媳妇去割草，割着割着天上乌云密布，下起了大雨。我俩急忙捆好草背起来，踏着泥泞的小路爬上了铁路桥的轨道。草被淋湿了，我们的头发上，脸上还有裤腿都被大雨淋湿了，也没个地方躲雨，只好急匆匆地往回赶了。由于雨大再加之我们回家心切，火车驶来时，我们没有早早的听到。直到火车快到我们跟前时，才感觉桥晃动得厉害，急忙跑下铁路轨道，到防护栏跟前还没来得及放下背上背的草时，火车就急驰而过。差一点儿，我俩的命就葬送在这火车桥的轨道上了。当时吓得魂飞魄散，差点没尿裤子。以后去割草时，便是小心翼翼了。现在想想那时真是太胆大，为了生活，为了能少走些路，简直是拿自己的生命来开玩笑……

　　如今，家乡的人们随着科技的发达，很多家都种植了地膜玉米。地膜玉米不仅草多而且产量高，人们用玉米草喂牛，玉米当作饲料，再也不必跑山里受累找草，背草了。奔奔车开到地里一次拉好多。大型铡草机走进了人们的生活，一天要铡好几吨草。人们把玉米草拉回家用大型铡草机铡了，挖个大池子淹了用来喂牛羊，这一大池子的草就是喂一年的量，再也不用隔三差五地铡草了。也不再用麦草来烧火做饭了，电饭锅电源插上，开关一按，蒸的米饭又香又甜。电炒锅炒菜更是方便，房间里没草没烟挺干净。电饼档烙的馍馍里面松软，皮黄亮。这些电器，给人们的生活带来了极大的方便与快捷。

　　记起以前那些苦日子，想想现在这幸福的日子，让人不得不感叹，社会真的进步好快，科技真的越来越发达了！以前那些关于草的人和事儿已经成为了过去，却深深地留在了我的记忆里！

第四辑

/

心 境

山　行

　　计划回一次老家折蕨菜，也想回去看看曾经走过的大山，看看那里美丽的风景。礼拜六，老公开着车拉着我和几位家人，我们买了饮料，买了水果和食物往老家的山上驶去。

　　山路弯弯曲曲而且非常的陡峭，车用一档才能慢慢地爬着上山。老公小心翼翼地开着车，我的手里也捏着一把汗，向下看好像一不注意就要掉下去似的。就这样爬行了四十分钟左右，我们终于爬上了这十多年没去过的青石窑儿沟。这里的山好大，不过山上的路被林业部门修的还算平坦，车可以从这座山开到那座山。山里的风景实在是太美！头顶上的蓝天飘着薄的像纱一样的白云，阳光也柔和的照耀着大山，一切显得特别的明媚。山风轻轻地抚过耳畔，穿过身体使人神清气爽。山则是连绵起伏、重重叠叠、一望无际。远处的山上更是云雾缭绕，美不胜收。山上长着郁郁葱葱的油松、落叶松林，有密密麻麻的黑刺林，有高高的麻条子林，还有好大好大的灌木林。它们都各有各的地盘，好像谁给划分好的一样，互不掺杂。林子里不停的传出鸟儿清脆的叫声，给这宁静的大山添上了几分韵味。看着这美丽的大山，听着好听的鸟叫声，我忍不住大吼了几声，心里好是爽快！山谷里传来了我悠扬的回声，还有好多鸟儿被这声音惊飞起来，这是多美的一幕呀。

到了目的地，大家开始找蕨菜。蕨菜并不是我想象的那么多。到这大山里，我们人显得是那么渺小！在山坡的草丛中，每个人都睁大着眼睛，细心专注地找蕨菜……期间，偶尔还会惊起几只野鸡呱呱呱地叫着飞走了。找蕨菜也是很费力费时的，蕨菜的颜色跟草相似，数量不是很多，我们必须得细心和有耐心。我们得不停地在草丛中行走，用眼睛敏捷地去寻找。行走还必须得小心，要不然会被蓑草滑倒。我们又是爬坡又是翻沟，找了大概有一个多钟头，我折了有两斤左右，而我弟媳妇折了足有六斤。大家的脸晒得通红，额头渗出汗珠，腰也疼了腿也酸了，衣服也脏兮兮的了，反正是累得够呛，于是就从半山腰吆喝着一起上山休息。

　　我一边就着水果吃馍馍，一边望着山脚下那熟悉的红瓦白墙的村庄，还有那一块块的梯田，想起了那些年在这里居住时的情景。仿佛看到了金黄色的麦浪和紫色的胡麻花；还有像风铃一样的燕麦穗，那红秆秆绿叶叶开着粉花花的荞麦，那像鞋底一样长而大的洋芋满地都是。想起了我在地里除草、割麦子、挖洋芋、背麦子、套着老牛犁地的情景，想起了拖拉机轰隆隆拖着石磨在大场里转着圈碾麦子的情景。想起了邻居们闲时坐在一块热闹聊天的情景……当年的事情在我的脑海里一幕幕出现，我的眼眶里噙着泪花，心有点酸了。感慨当年的苦日子总算熬过来了。

　　这时走来了以前村里的两位折蕨菜的女人，我们互相打招呼问好，还和我们坐在了一起聊天，吃东西。她们看我们没多大的收获，就坚持把自己辛苦折来的蕨菜送了我们些。是啊！我爱这里朴实、憨厚、善良的人们，我爱这美丽的大山，和新鲜的空气。我爱这里蓝蓝的天空和宁静的夜晚。但，我不爱这里老百姓所受的苦。只有你亲身经历了才知道粒粒皆辛苦的滋味！

老公拉着我们又转了几个山头，边转、边拍照、边欣赏美丽的风景、边折蕨菜……一直到太阳和远山相接，红霞满天的时候，我们才依依不舍地离开。夕阳映红了大山，大山里的植物披上了辉煌的锦缎，大山又是别样的美丽。

老公全神贯注地开着车，我们谁都不出声目视着车窗外面，静静地欣赏着这美丽的黄昏。车子慢慢地向山下行驶，山路上，跑过了一只野兔，这是一个吉祥的好兆头！听老人们说过"鸡早晚兔最快活"。是啊，虽然蕨菜折的不多，但是我们却收获了美好的一天！

斋月乡村的夜晚

深夜，不远处几声狗叫惊醒了睡梦中的人儿。此时，我睡意全然散尽。月光透过玻璃，穿过窗帘，屋里被披上了淡淡的白纱，朦朦胧胧，隐隐约约，仿佛置身于云雾缭绕之境。

忽闻，嘹亮的邦克声回荡在夜空，恨不得把所有沉睡的人们唤醒。打开手机一看，两点半，到了做饭封斋时间了。打开灯，忙穿好衣服。拉开门，一股清新的空气迎面扑来。首先看到院子里种的各种蔬菜被月光着上了淡淡的银妆。牛棚、羊圈都清晰可见。抬头一看，深蓝的夜空挂着圆圆的一轮明月，而月光是那么的皎白、柔和、素净。像明珠，像圆盘，像路灯，把光亮撒向大地，撒向田野，撒向村庄。低头一算，今天是农历十五。

走出大门，不远处传来青蛙呱呱的叫声，还有蟋蟀那动听的歌声。风，轻轻地吹着，吹得树叶、玉米叶发出沙沙的响声，清脆悦耳。向远处的村子望去，月色笼罩了整个村庄。很多村民家的窗户透出亮光，与天上的星星遥相呼应。空气中弥漫着淡淡的烟火味和浓浓的饭菜香。听，谁家院子里传来了男人的几声咳嗽。我禁不住有点感叹：这个斋月的夜晚未免有点太美了吧？比白天宁静，和白天一样活力四射，生机不减。

回到屋子，爸爸泡上了甜甜的盖碗茶，妈妈端上了金黄的馓子和白白的馒头，再拌一盘绿绿的韭菜和豆芽小菜。我则把晚上和好的面压成长长的面条，炒上蒜薹肉。一家三口，高高兴兴、和和美美、说说笑笑地在灯光下拌着长长的面条吃。一切都是那么的惬意！看着他们老两口，我心里窃喜，有爸有妈真好！

夜空中又荡起了嘹亮的邦克声，这预示着再也不能进食了，看看表已经四点了。

邦不答时间到了，鸡鸣得越亮了，狗叫得越欢了，大门外面隐隐传来男人们上寺里礼拜碰到一起彼此问好的声音。灌上一汤瓶热热的水，洗好了小净，戴上盖头和妈妈一起礼拜！此时，东方发白，这道白光即将划过天际，迎来火红的朝阳。

江南美

　　早就听说江南风景美如画，江南美女如云。从电视里看到江南的风景的确非常美丽也很迷人。还有，江南的女人穿着漂亮的旗袍，打把油纸伞在烟雨中优雅的行走，有着迷人的风韵。所以总向往着什么时候能亲自去一趟江南，亲自去看看江南那美丽的景色。女儿大学毕业工作于上海，这便让我有了去江南的机会。

　　我到了江南看到那里美丽的景色时，觉得人们都说错了，觉得再有名的画家也画不出江南景色的秀丽，更描绘不出江南女人美的内涵！

　　有树木的地方就有生机，而江南到处都是郁郁葱葱。我最喜欢江南的树木，尤其是江南每个角落里的树木都非常茂盛，枝条非常浓密，叶子也是明艳动人，像是刚穿上了新的绿衣服，又像是刚刚用水清洗过一样洁净显绿。它们绿得可爱，绿得喜人，绿得让人心旷神怡，百看不厌，让人觉得它们的生命力是那么旺盛。

　　那里的小树种类很多，形状各异。我不知道它们的树名，但它们的形状让园林工作者修剪得像绿色圆球，像绿色的小山，像绿色的尖塔，像绿色雨伞，还有的像绿色手掌……总之是绿的很美很美。那里的大树成阴，有的树的枝头挨着枝头，枝头抱着枝头，重重叠叠，像连绵不断的山峰，像波涛汹涌的长河。一阵风吹来它们你搂我抱，互相打闹，非常有趣；有的翩翩起舞，舞姿轻盈，妙曼无比……让人忍不住停下脚步静静欣赏它的韵味。看着这些生机盎然的树木让人心里有种愉悦和舒畅的感觉，也深深体会到树木对人类的重要性，对地球的重要性。

水是生命之源，花草树木离不开水，人类生活更需要水，而江南却拥有了所有的水源。江水、湖水、河水、溪水、就连雨水也是特别充沛的。钱塘江、长江、黄浦江等如一条条巨龙盘卧在江南。西湖、太湖、洞庭湖如绿色的翡翠，透明毫无瑕疵，静驻江南。还有湘江、闽江、珠江等为江南农业经济发展起了巨大的作用。更有江南水巷里的那一条条安静的绿水，根本看不出它们在流动。它们很平整，像镶在巷里的绿色玻璃，一条小船轻轻滑过，船的尾部荡起了一条条水纹，才能确定它的确是水……正是有了这些丰富的水源，才使江南更加美丽！

江南的古镇，石板小路，苍穹石桥。弯弯的小河从镇中穿过，赋予小镇以生命的流动。缓步走在青石铺就的小街上，细细打量着两边木结构的古式老屋，有着镂空的门窗，雕刻精美、细腻的人物和花草。不时又会有一家仿古的作坊在拐角处不经意地在眼前出现……委婉动听的评弹在耳边缭绕，诉说着古老的传说。街道商铺里的商品琳琅满目，有旗袍、摇扇、丝绸、玉石，还有小吃……古镇里的游人很多，而且非常热闹。因此古镇呈现出一片欣欣向荣的景象。

都说江南女人温柔美丽，这一点不假。去一家店里试衣服，我的一粒扣子掉了，那位漂亮的老板娘，轻轻捡起和声细语微笑着说："我帮你钉上吧。"然后，我在那里试衣服，她静静地在帮我钉扣子，并没有极力推荐我买衣服。更难能可贵的是她竟然把五个没有钉稳的扣子都挨个钉好了，这让我感动不已连说谢谢。出去买菜，卖菜的大妈见我是少数民族，于是非常亲热和我拉起家常，并且送了我一把香菜和一把小葱，这更让我刮目相看。逛商场五十元掉了竟然不知道，一位大姐看到捡起，跑来给我，这让我很是敬佩！你说，江南的女人能不温柔，能不美吗？

总之，我觉得江南真是太美了！觉得它的美，最有名的画家无法画出，最好的文笔也无法写出。只有亲自去那里看看，才能知道那里是真的是太美了！

杭州西湖

听说杭州是一个美丽的地方，一年四季景色如画，西湖更是个名胜风景区。即使现在是冬天我也想去看看它到底有多美。早晨，十点多女婿开着车拉着我们母女从上海直奔杭州。杭州的美果然名不虚传，树木高大茂盛叶子也非常的绿，花儿随处可见，和我们大西北的冬天相比简直是天壤之别。我们到了西湖已经是下午两点半了，找了个地方把车停好，然后步行观湖。

西湖岸上的游客川流不息。湖畔上的树木高大，虽然没有夏天那样墨绿明艳，但也是苍翠显绿，如我们北方中秋时间树木的颜色，给人一份沉稳、庄重、大方的感觉。气温不冷不热刚好适宜。

啊！西湖的景色果然跟传说中的一样美，简直就是美不胜收！首先我看到西湖很大，周围环山，山上都有很多树，看得出树是高大浓密茂盛的；湖水是清澈的，清的像一面镜子把人脸上的瑕疵都能照出来；湖水也是绿的，像绿色的翡翠晶莹而透亮；湖水更是柔的，用手轻轻拨动湖水，它像丝带一样滑过手中柔软而细腻；湖水也是有生命的，它微波荡漾，荡出阵阵涟漪显得是那么的有活力！湖面上有很多游船，上面都坐满了游客。有划桨式的小船，有电动式的大船，还有两三层高的大游轮……有的滑向远处，有的即将靠岸。我们顺着湖边走了五六百米，女婿说这就是断桥。

提起断桥相信许多人都会知道的。清明时间雨纷飞，西湖畔上的白娘子由伞传情，找到了前生的救命恩人许仙，断桥就是展开他们凄美爱情故事的地方……在断桥上可以看得见夕照山上的树木郁郁葱葱，雷锋塔也耸立在那里。我也不由得记起了白娘子在雷峰塔底遥望断桥回忆往事的凄美片段。那首"啊……啊……西湖美景三月天哪……"的歌曲在耳边悠扬地回荡。

走过断桥前面有条长长的河堤，女婿说这就是白堤。白堤东起断桥，西接孤山，全长近千米，是西湖历史上最悠久的古堤。白堤把西湖分割成里湖和外湖，也就是左边一湖水，右边一湖水。白堤两边有长长的两行柳树，这个季节里的柳树枝条显得一丝一丝柔软而分明，嫩黄的柳叶在柳枝上不稠也不密，给人的感觉是刚刚好，它们没有夏天那么浓密、翠绿和厚重，而是特别的轻盈、灵动、飘逸。微风轻轻吹过，像很多条丝线上挂着许多嫩绿色的小精灵在荡秋千活泼又可爱！漫步在这白堤上，走在这最爱的柳树下，欣赏着西湖的美景，嘴里和女婿女儿吟着白居易的"最爱湖东行不足，绿杨阴里白沙堤"的诗句，别提有多么惬意与美妙了！女婿还给我们详细地讲了岳飞的故事，他指着右边的一座树木茂密的山说那是栖霞山，岳飞的墓就在那里！不过我们可是没时间去看了，因为马上是黄昏时分了。

我们在白堤就这样边走边抓拍，边走边看美景，不知走了有多远女儿指着湖里的三个岛屿对我说："妈，这就是三潭印月。一块钱纸币后面的图案就是这里。"我才恍然明白。女婿跟着说："的确就是这里。"可见这三潭印月是多么的有名了，如果不来这里我还真不知道。女婿说，它是"西湖第一胜境"。三潭印月看起来是西湖中最大的岛屿，它风景秀丽、景色清幽，从这里看西湖具有湖中有岛，岛中有湖自然而又美丽的感觉！这时夕阳把她的红晕撒在西湖面上，湖面鳞波闪烁非常壮观。几只水鸟翅膀掠过湖面飞过那淡红的夕阳,好一幅美丽的画卷展现在眼前,手机拿起把这美丽的时刻赶紧拍下。

不知不觉我们来到了"平湖秋月"景观台。它背靠孤山,面朝外湖,三面临水。观景台伸出水面很宽,从这里不管是看山或者是看水都是趣味盎然,可真是山山水水,明明秀秀!我们走到了白堤的尽头,夜幕在等车之时悄悄地降临了。

西湖的夜景原来也十分美丽!四周山上都亮起了一盏盏小灯,游船上也亮起了灯。这些灯光,好像满天一闪一闪的星星,衬着夜幕和月亮,好像美丽的星空。这些灯光都倒映在水里,使得西湖里的水也到处都是灯火通明。

车子来了我们要去宾馆了,而我对西湖的美景依然是游意未尽。明天还是继续观赏杭州这美丽迷人的景色吧!

春

　　我是春天生的孩子，父母给我起名为"春儿"，大概是父母希望我如春天般的活泼可爱，也愿我的生活如春天般的美好吧！

　　的确，春天是活泼的！抬头望天，天蓝了，也明艳了，日子也一天天地拉长了；空气清新了，也湿润了，呼吸几口心旷神怡；云软了，像棉花团一样的轻盈，它和蓝天相依相偎；太阳暖暖地照耀着大地，照得小河里的水融化了，也欢腾了，唱着歌儿欢快地流向远方；春风温和地抚摸着大地，大地醉了，变得软软的，酥酥的，踩上去像海棉一样；看那小草也经不住春风的诱惑偷偷地探出了头，嫩嫩的，绿绿的，给整个大地铺上了绿色的毯子；我最爱的柳树也欢腾了，挂着嫩黄的小叶，扭动着纤细的身躯，轻盈地舞动着，让人忍不住停下脚步多欣赏一会儿；鸟儿也明显地高兴了，活跃了，老是在枝头高歌着，跳跃着。

　　单位院子里的松树由浅绿变成翠绿了；金榆钱像金子一样放着光芒，分外耀眼；紫色的丁香花儿香气袭人，超凡脱俗；看那桃红色的像梅花一样不知名的花儿从树根的枝条开到每根树梢的枝条，以至于满树都是，小巧玲珑，十分艳丽；爬山虎的叶子也长出了新芽……当工作累了或者心情不好时，向窗外望去，所有的疲劳顿时消失殆尽，心情一下子舒畅了很多！

看那漫山的桃花开了，粉嫩粉嫩，远远望去像山上开着一朵朵粉色的牡丹花儿，娇艳无比；村庄里每家每户的房前屋后被高大的杏树围绕着，枝条上缀满了粉红色的花儿，一阵风吹来，整个村庄下起了花瓣雨，落在人的头上，肩膀上，衣领里，觉得浪漫而又温馨！妈妈院子里的梨花开了，像雪一样白，像少女一样纯洁！冬麦苗像泼了油一样墨绿发亮，苜蓿芽也长出来了。在我们这里有这样一句谚语："三月三，苜蓿芽上来搅搅团。"揪一把刚出来的苜蓿芽，和洋芋丝炒着吃，或者拌着吃，那叫一个香啊！

一年之计在于春，春天是有希望的，也是忙碌的。农人们从拉粪，撒粪再到犁地。然后种胡麻，种莜麦，种洋芋，种玉米……他们却无暇欣赏这春天的美景，整天面朝黄土背朝天地忙碌着，把希望的种子撒满了整个大地，希望地里能长出好苗苗，希望秋后有个好收成……

喜欢父母给我起的名字。不但美好，而且对生活充满希望！

秋　天

人们都说秋天是沧桑的，也是多愁善感的季节。可对我而言，秋天是美丽的，也是喜悦的。

她没有春天那样娇艳柔嫩、婀娜多姿；没有夏天那样青翠欲滴、明媚动人；没有冬天那样冷傲素洁。秋天，她温柔典雅。看那初秋的树叶密密麻麻深绿而茂盛。我最喜欢的垂柳披着它那浓密光亮的秀发在风中轻轻的摇摆着，像个成熟的妇人，沉稳而优雅。许多的花儿依旧开的那么灿烂。中秋节更是美丽。天，特别特别的蓝，蓝的那么清澈，蓝的那么透亮，蓝的那么自然。白色的云朵像棉花、像雪莲、像浪花在这蔚蓝的天空悠闲的飘浮着。气温也是最好的，没有夏天的炎热灼闷，没有冬天的寒冷刺骨。是凉里稍透温热，很是舒服。也是出游的好季节，带上家人，观赏祖国的大好山河，无不惬。更是团圆的时候，万家灯火通明，圆圆的月亮，皎洁肃静，圆圆的月饼甜在心头。一家老老小小坐在一起，团团圆圆的拉拉家常，真是其乐融融，好是温馨！

秋天是成熟的季节。有紫色的葡萄，黄色的梨，黄里透红的苹果还有那甜甜的哈密瓜；有穿绿衣的核桃、住白房子的花生，还有那黑壳子的向日葵。庄稼也成熟了，金灿灿的玉米，白花花的洋芋，黑黑的荞麦，红艳艳的糜子。黄豆，胡麻，莜麦都在这个季节成熟；大白菜，芹菜，萝卜，甜菜，南瓜……也在这时候成熟。

当然了这个季节也是一年中最忙碌的时候。记得小时候，妈妈早早地起来在那一尺八的大黑锅里煮上玉米、洋芋、南瓜，还有甜菜。笼上面蒸上馒头，洋芋卷。半个多小时，锅里的水烧干了发出吱吱吱的响声，锅里的食物就熟了。揭开锅盖，雪白雪白的馒头，还有裂了缝的洋芋像棉花团一样，吃起来特别的沙。我和哥哥很爱把洋芋放在碗里捣碎了放点盐和油泼辣子拌着吃。甜滋滋的玉米、南瓜、甜菜香味扑鼻，看着样样都香，让人不知道先吃哪个才好。再夹点自己家坛子里腌的咸韭菜，或者大缸里淹的酸白菜下着吃，吃起来真是甜在嘴里，美在心里。吃完以后带上水和馒头还有剩的洋芋、甜菜，再在树上摘些梨和苹果。爸爸开上拖拉机拉上我们一家人到地里开始忙碌一天的农活。虽然是辛苦的，但是看着成熟了的庄稼我们心里都是美滋滋的，脸虽然都被汗水和土弄的脏兮兮的，但是都流露着丰收的喜悦。

秋雨过后，天越来越凉。秋霜给叶子涂上了黄色和红色。红的像火，红得那么热情与烂漫。黄的那样真诚，黄的那样灿烂，像小姑娘的笑脸。一阵秋风吹过，树叶沙沙作响，并且悠悠飘下。落到地上，慢慢地给地上铺上了彩色的地毯，踩上去软绵绵的。想象着和相爱的人牵手走过这条用树叶铺成的地毯小道，是多温馨与浪漫。

忙碌了一年的人们随着树上落完的叶子，开始闲了下来，秋天也即将过去。而田地里的小麦却露出了它绿绿的，尖尖的叶子。

赏　雪

在我们宁夏固原这片土地上，以前冬天下雪是特别常见的，有时候一连下好几天的雪，整个冬天有时候都是银装素裹，冰天雪地的。然而，最近几年由于空气污染，臭氧层被破坏，整个地球气候逐渐变暖，这里冬天也很少下雪了，而且雪融化得也快。更让人焦虑的是，今年冬天没下一次大雪，这使得土地干涸，气候干燥，空气质量差，疾病增多。人们多么希望来一场大的雪啊！可是，雪偏偏一个冬天没有出现。冬天也在没有一丁雪的日子里寂寥地度过了。

不知是冬负了雪，还是雪负了冬，雪却和春天约会了，而且这一会面竟然是整整两天。雪像筛子筛了似的匀匀地，洋洋洒洒地下着。不是那种鹅毛般的大雪，而是颗粒状的，像白砂糖似的晶莹玉润，玲珑剔透。田野里、山冈上、树枝上、屋顶上都落了厚厚的积雪，到处白茫茫一片，周围世界都成银装素裹。

这场雪真的离开我们太久了，我忍不住想看今年这场最大雪的雪景了。于是和同事一起去了固原最壮观的古雁岭。古雁岭上最美的景观是古雁塔，在古雁塔看雪景那真叫一个爽！

雪花依然洋洋洒洒，古雁岭海拔2800米，古雁塔高约100米。真是高处不胜寒，风呼啦啦地吹着，吹得古雁塔几个角上挂的铃铛丁当丁当地响，声音清脆悦耳，给这白茫茫的世界增添了韵味。风和雪渣子肆无忌惮地吹打着我的脸颊，阵阵寒意透体而过，的确是春寒料峭啊！

站在塔上看固原城，整个固原全貌尽收眼底。居高临下远望新城，新城处于白茫茫、雾蒙蒙的大雪之中，最醒目的固原体育馆造型特别，像一只雄鹰展开落满白雪的翅膀将要翱翔天空；灰色的华琪公馆高高矗立，和这雪天的颜色有点相似；固原师范占地面积很大，校园里、教学楼、篮球场……都是白雪皑皑，白的不可收拾；远处那么一栋栋红色的楼虽然在雪中，但还是非常显眼，给这白色的世界增添了温暖与温馨的感觉，细细辨认，那是固原回中。

移目看过，许多建筑、树木、草坪都被白雪覆盖。最远处长长的明山梁还是雾蒙蒙地不太清晰，隐约如一条白色的长龙头南尾北地盘踞着。新城，如美丽的新娘换上了洁白的婚纱！

东边的老城更是高楼林立，远眺城里，好似琼妆玉砌，一片洁白，美不胜收！所有建筑物的顶部都好像被盖上了厚厚的棉被。北塬、西南新区也处于白茫茫的一片，它们白的透彻，白的干净，甚至觉得白的洒脱……

从古雁塔下来，游览岭上景致，每一棵树的枝条上都落着雪，近看像一根根错综交叉的银条，远看像开满一树树的银花，素净，典雅。信步其间，任凭雪花在身上肆意地落下，它们有的调皮地钻进头发里，有的跳到衣领里，冰冰凉凉的还挺舒服的。好几次我兴致勃发，用手或脚去抖动树干给它们卸妆，积雪撇然而下，几乎全撒在我的身上。那种心境别说是怎样的惬意啦！

古雁岭上你来我往的人如赶集似的多，他们不管天的冷，也不管飞扬的雪如何肆虐，都是来这里看雪景的。年轻的爸爸妈妈领着三四岁的孩子堆雪人，和孩子一起享受这美好的时刻！有几拨中年人欢笑着，如孩童般地追逐着打闹着。雪球，砸向他们的头顶，砸向他们的后背，砸向他们胸前，他们一点也不觉得疼痛，依然你追着我，我追着你，嬉笑着打雪仗。小情侣们有的胳膊挽着胳膊漫步着，踏的差不多有一尺厚的雪咯吱咯吱地作响，如美妙的音乐伴奏着，他们的脸上洋溢着幸福的神情。很多人拿着相机抓拍着这迷人的雪景。那边有三女一男正在一个雪人旁摆出各种姿势轮流拍照，估计这雪人是他们堆的。雪人胖乎乎的身子，圆圆的头，柳树叶做的眉毛，杨树叶做的眼睛，用柳条圈成嘴的形状。他们还给雪人头上围上了橙色带花的纱巾。这雪人在他们精心的打扮下简直就是一个活脱脱的漂亮少女。我和同事也忍不住和雪人合了几张影。

走出松树林，我们来到广场边的长椅上小憩。近看松树，因为是春天，松树的叶子已经变得翠绿了，一棵棵翠绿的松树枝上落了厚厚的积雪，白绿相衬颜色显得非常清爽和谐！细细打量，厚厚的积雪把松树枝都快压弯了，可它仍然坚持挺立着，支撑着。这使我想起了："大雪压青松，青松挺且直。要知松高洁，待到雪化时。"的诗句。此时，我正被松树的这种气节震撼着。想想要是给杨树，榆树等很多树的枝叶上落上这么厚的雪，无疑枝条早已被压断了。正如有些人受到一些打击就会一蹶不振，而有些人受到打击以后，却比原来更坚强，更懂得怎么做人做事以及处理问题，那么他不就是这种松柏精神吗？

置身于这一望无际的林海雪域中，赏了近两小时的雪，真正领略了"忽如一夜春风来，千树万树梨花开"的壮观景象。这真是一场瑞雪，它给农民带来了希望，给城里人带来了乐趣！

踏雪归去，意犹未尽……

冬日里的清晨

冬日里的五点半离天亮还有两个小时，我和他踏上了北行的道路。

一出门，一股冷气袭面而来，冷得人禁不住打了个冷战。抬头望天，繁星闪耀簇拥着如钩的月亮显得特别美丽！路灯把小区的小路照的跟白天一样亮堂。出了小区门，城市的马路上灯火依然通明，建筑物上的彩灯更是色彩斑斓。

走着走着天渐渐地亮了起来，东边的灰山边慢慢泛起了潮红，它由淡而艳变得非常靓丽。天边像是被镶嵌了一道金边，泛起的红晕被一一描摹在那块由缕缕金光织成的锦缎之上。层次分明，形状各异的云朵，不时地逗弄着这一日霞光。渐渐地太阳像个大火球苒苒升起，它把金光温柔地铺满大地，大地上的万物处于一片辉煌之中，光彩夺目！

远山上的风力发电机迎着朝阳悠然地转动着，平静地迎接着新的一天的到来；那山不是那么的高大雄伟，也不是那么的巍峨挺立，而是像巨龙一样卧在天边，悠长而绵延不断，给人一种舒心祥和的感觉。这些在原野之中的白杨树在这个冬日的清晨，显得是那么的高大挺拔，清秀笔直。碗口粗的树干托着细细的枝条戳天而上，像一个个战士精神抖擞，很多杨树的树杈上都搭建着喜鹊的窝巢，喜鹊也从这个枝头跳到那个枝头"喳喳喳"地欢叫着。给这静谧的清晨增添着活力。槐树、沙枣树，还有很多不知名的树，它们的树干是黑色的，树冠是圆形的，枝条错综交杂，但是每根清晰可见，无遮无掩。公路边的民房，红瓦白墙，屋顶上的烟囱里冒着白烟，袅袅升起。电线杆像蜘蛛网一样穿遍了树林，连接着祖国各地……

看着大自然的一切都赤裸裸地，无遮无挡地展现在这冬日里的清晨，让人的心情格外的舒畅。觉得它既像是一位谦谦君子以博大的胸怀容纳着包容着人事间的爱恨情仇。又像是一位坦坦荡荡做事光明磊落的人，敢于把自己的一切展现给人们。更像是一位温柔静怡，美丽的女子以灿烂的笑容出现在这冬日的清晨，特别的养眼，让人忍不住多看几眼。

谁说冬天是寂寥的？冬天，虽然没有春天般迷人的鸟语花香，没有夏天壮观的闪电雷鸣和郁郁葱葱的绿树，没有秋天诱人的丰硕果实，但它也有献给大自然和人们的那种豪爽、干脆、博大、坦然、宽广的胸怀！也给人一种来承载和包容人世间一切爱恨情仇的高尚品德的感觉！

后记：我的写作里程

当我被邀请去银川开改稿会时，看到我的文章被整整齐齐收录到书的样册里，并且准备最后一改开始出版发行时，我的心情澎湃了，我的眼睛湿润了。回忆过去，我感慨万分！我从一个连什么是小说，什么是散文都不知道的农村中年妇女，直到这本书的出版，我付出了不少的心血，但是我觉得我的付出是值得的！是文字给我带来了快乐，是文字充实了我的生活，是文字填充了我心灵的空缺，也是文字使我的生活更加精彩！知道了文字能写尽人间的真善美，更知道了文字还可以传播正能量。

我出生在一个贫穷的农民家庭里，初二那年，我因交不起几十块钱的学费而辍学了。父母把我许配给了我现在的老公，从此生活的重担压在了我的身上。在之后的十多年里，我生孩子，抚养孩子，干着家务，还做着繁重的苦力活。因为老公经常出去打工，我学会了割粮食、背麦子、锄地、打场，扬场的活儿我也被迫学会了，而且干得非常利索拿手，就连男人套上牛犁地的活儿我也会干。但是就是没有接触到文字，没能体会到文字的魅力！可能是因为我身处的环境，或许是忙碌吧！后来孩子们到城里上学了，我也随之进了城，在家待了六年，给孩子们做饭，看着孩子们学习，之后也找了份自己喜欢的工作。

刚开始接触文字那时，两个女儿都已上了大学，儿子也只是晚上放学回家才能见得着面。老公长年不在家，偶尔回家还老是在麻将馆里泡。为此我吵过也闹过，但都无济于事。家里连个说话的人都没有，感觉很无聊，生活得也挺没趣。有段时间可能得抑郁了吧，稍受点委屈便想到了去死，觉着活着真没意思。直到2015年微信的兴起，无聊时我去翻阅公众号，阅读公众号里的心灵鸡汤，阅读公众号里的文章，我才深深地体会到了原来文字是这么的神奇，它可以把景物写得如美丽的画儿一般，它可以把人的内心世界表达得淋漓尽致，它还可以把亲情写得如此的温暖……于是我便深深地喜欢上了文字，开始在朋友圈写简短的说说。

我的说说被远在新疆的舅舅看见了，舅舅是个退休的历史老师，他便鼓励我写作，而且说我将来一定能写出好的文章来。在舅舅的微信指导下，我正式开始了写作，文化程度并不高的我，再加上二十多年没有接触文字，刚开始写作时我连语句写得都不怎么通顺，"的地得"都不知道该怎么用，标点符号也用错，更别提文章的章程了。舅舅就不厌其烦的指导我、鼓励我，是他让我在写作上有了坚强后盾，在精神上有了很大的支柱，在他的帮助下，我的写作水平有了很大的进步。可以说，这本书的出版，舅舅是功不可没的。没有舅舅的耐心教导，就没有今天的我，更不会有这本书的出版发行。

舅舅在辅导了我一年多之后，我觉得我想要更快更好地写文章，必须要学到更专业的写作知识。正当我处于迷茫时期时，朋友圈一位文友发的链接里有个网络写作班正在招生。在观察了一些日子之后，我就背着老公，背着家里所有人报了名，是陕西作家沉香红的网络写作班。

为什么要背着家人呢？一来是报名需要花钱。二来是，因为女儿和老公刚开始都不怎么支持我写文章。女儿对我说，妈，你就别写了，玩文字的人内心都很脆弱，就像海子，就像三毛，她们都是有名的作家，都是得了抑郁症最后自杀而亡的，你还是不要写了，否则也得抑郁。老公也是极力反对，说，写那些没用的干嘛，大半夜的不睡觉，点灯费油不说，费眼睛、费颈椎，也费精力，还不能当饭吃。每次他在家时我熬夜写作，他都会板着张脸，我都不予理睬。因为我觉得文字可以和我说话，文字可以陪我聊天，文字可以解除我心中的烦闷，文字可以让我活得挺充实。在很长一段时间我和家里人做着斗争，他们说他们的，我做我的，反正不耽误做家里的活计就行。慢慢地他们也就不怎么阻拦了。

进了香红老师的学习班，在香红老师的认真耐心的教导下，我才知道了什么是散文，什么是小说，还有散文的种类，以及各种文体的写作方法，并且从中学到了很多写作知识。

为了克服在文章中出现的口语太多，标点不清等问题，于是我开始坚持每天抄写。晚上下班，给家里人做完晚饭收拾好屋子，我便开始在灯光下抄写，我边抄写边学习，遇到好的文章我多读几遍，从中学习他们的写作方法，记住他们的好词好句，这样的抄写我坚持了一年，从未间断过，果然大有收获。

可能对于文字功底好的人来说，一篇文章可以个把小时来完成，但对于一个文化程度并不高，再加上二十多年从未接触到文字的我来说，能很快很好地完成一篇文章是挺困难的。状态好的话可以两三个小时写一篇文章，状态不好的话可能好几天才能写完一篇文章。而我觉得写文章并不算太难，最难的是要把一篇文章打磨成一篇好的文，那就要反复阅读，反复修改，在修改的过程中才是最费时最熬人的。我的每一篇文章，我都认真阅读过好几十次，并且也修改了好几十次，直到语句通顺，直到没有错别字，直到自己觉得满意这才罢休。当然，我的文章还有很多不足之处，但最起码我是用心去写，用心去改的，觉得只有这样才能对得起所有支持我的人和阅读我文章的人。

在四年里，我长长短短地写了一百二十篇文章。每篇文章都像我的孩子，在我的腹中慢慢地孕育，慢慢地成形直到出世，这其中只有母亲才能体会到孕育的艰辛与劳苦。在这些文章里，我精心选了一部分文章投于阳光出版社，期望能投稿成功。功夫不负有心人，我的文章竟然被阳光出版社选中了，这对我来说是梦寐以求的事，是多么的难得的机会，更觉得自己又是多么的幸运！

我先前也想过什么时候能出一本自己的书呢？也许等我老了吧？我知道自己出书得花四五万元，而我只是一个打工者，每月工资少得可怜，还得补贴家用，这根本是不可能的事情。那么出书对于我来说是一个梦，一个遥不可及的梦！

然而让我没有想到的是，阳光出版社启动了"阳光文库"工程，他们针对我们这些草根族，针对我们这些农民写作者实行扶贫计划，每年免费出五位农民作家的书。我的稿子经过单小花文友的推荐被投到了阳光出版社，幸运的是我的稿子在众多稿件中被选中了。正如宁夏作协闫宏伟老师所说，我的稿子能被选中是因为它有亮点，是因为它通过回忆过去的生活的困苦，来展现现在生活的美好！也是因为我的文章处处都体现出了人间的温暖与温情。

不错，我虽然出生在贫穷的农民家庭，直到现在我也没有过上富足的生活，但我的生活是温馨的，是恬静的。在我的村子里，在我的周围，在我的身边到处都有感人的故事，到处都充满着爱，到处都能感受到温暖！所以，我的文章里多数写的是亲情篇。写亲人之间的和睦相处，写母亲对孩子的关爱，写孩子对老人的孝敬，从而展现人性的真善美。也写美好的社会，写这个社会的和谐与发展。我觉得亲情是温暖的，生活在这样和平而又富裕美好的社会里我是幸福的。所以，我的书名被我命为《幸福》。

在写作的过程中，我遇到了很多品德高尚的文友，也得到了社会各界人士的支持与关爱。西吉的单小花文友对我真诚地说："姐，好好写！文字可以暖心。文字可以改变人的命运。我就是文字改变了我的生活……"她还十分慷慨地把她所有认识编辑老师推荐给了我，并且鼓励推荐我，让我把我的稿件投往阳光出版社……

还有宁夏作家苏小桃老师，她和我虽未谋面但却两次寄书于我，希望我能从中得到些启发好好写作。并且对我说，文章写成先放段时间再修改，这样你能发现很多问题，改出来的文章也就会很好。果不其然，正如她说的，放段时间还真能发现很多不足之处。

著名作家马金莲女士，她也三次赠书于我，还把我加入固原作协以便我参加作协的活动，希望我能在其中学到更多的写作知识。她对我说："多读书，勤动笔比任何老师要来得快，这是她十多年里的写作经验……"

红寺堡的杨剑、东北文友岳东他们时不时地问我："姐，最近写文章了吗？姐要坚持住！姐要加油呀！"

还有西吉文联的樊文举老师，他在百忙之中还为我修改过文章，我的处女作和许多作品都是在他的公众号发行的。我的初中同学杨海琴，我每发出一篇文章她都要细心地阅读，都要写出精彩的评论来支持我鼓励我。还有很多文友我也就不一一说了。

在这里十分感谢一直以来支持我的亲人、朋友和社会各界的文友。感谢你们一直以来对我的帮助与支持，是你们的爱心激励着我前行，是你们让我感受人与人之间纯真的友谊，是你们让我感受到了这个世界还会更加美好！没有你们的鼓励与支持，就没有我今天这本书的发行，更不会有今天的我，一个有思想、积极上进的我。我也非常感谢阳光出版社的爱心举措，是你们给了我，给了更多像我这样的人实现梦想的机会。感谢阳光出版社全体员工为出版这些书辛勤的劳作！我坚信有了你们这些好人的支持与鼓励，我会更加勇往直前！